내 삶의 작은 풍경들

내 삶의 작은 풍경들

발행일	2026년 2월 20일

지은이	신선호
펴낸이	손형국
펴낸곳	(주)북랩

출판등록	2004. 12. 1(제2012-000051호)
주소	서울특별시 금천구 가산디지털 1로 168, 우림라이온스밸리 B동 B111호, B113~115호
홈페이지	www.book.co.kr
전화번호	(02)2026-5777 팩스 (02)3159-9637

ISBN	979-11-7598-123-2 03810 (종이책) 979-11-7598-124-9 05810 (전자책)

작가 연락처 문의 ▸ ask.book.co.kr

전용 게시판에 문의를 남기시면 저자에게 직접 전달됩니다.

(주)북랩 성공출판의 파트너

북랩 홈페이지와 SNS에서 다양한 출판 솔루션을 만나 보세요!

홈페이지 book.co.kr   •   **블로그** blog.naver.com/essaybook   •   **출판문의** text@book.co.kr

카톡채널 북랩

시간 위에 남겨 둔 한 교육자의 삶의 흔적

내 삶의 작은 풍경들

신선호 에세이

북랩

서 문

　살다 보면 이런저런 글을 쓸 기회가 찾아온다. 재작년인가, 어느 글을 쓰다가 조정래의 『태백산맥』에 나온 한 구절을 인용하고 싶어졌다. 그런데 그 대목을 도무지 찾을 수가 없어 며칠을 끙끙대며 책장을 넘겼다.

　막상 찾아낸 문장은 내가 기억하던 내용과 조금 달랐다. 그보다 더 놀라웠던 것은, 그 문장의 앞뒤가 마치 처음 읽는 글처럼 생소하게 느껴졌다는 점이었다. 세 번이나 정독했던 책인데, 어떻게 이런 장면이 있었나 싶을 정도였다. 그 낯섦이 오히려 마음을 자극했다. '이렇게 모르는 부분이 또 있지 않을까?' 그 생각이 들자 결국 나는 1권부터 다시 읽기 시작했다.

　그 시절 나는 『태백산맥』을 하도 열심히 읽은 나머지, 모르는 사람을 만나면 장난삼아 "고향이 벌교다"라고 말하곤 했다. 안 믿으면 소설에 나오는 '율어면(栗於面)'을 내 외가라고 둘러대며, 마치 그곳에서 자란 사람처럼 마을 이름과 풍경을 줄줄이 읊어댔다. 그만큼 그 소설의 세계가 내 삶에 깊이 스며들어 있었던 것이다.

　그래서 다시 읽는 동안 오래된 책은 종이가 누렇게 변색되고, 글씨는 작아 눈이 침침했지만 문장은 되레 새롭게 다가왔다. 8권쯤 읽었을 무렵 개정판이 나온 것을 알고는 그때부터는 큰 글씨로 편하게 읽으며 완독했다.

그 무렵부터 생각이 달라졌다. '기억에만 의존해서는 안 되겠구나. 기록을 남겨야겠다.'

우리 손자들이 모르는

우리 할머니 이야기,

부모님 이야기,

옛집의 풍경,

내가 살아온 모습과 그때 품었던 생각들, 그리고 내가 평생 해 온 일들의 흔적들….

이런 것들을 잊히기 전에 남기고 싶었다. 그렇게 하나둘 적다 보니 어느새 정리해야 할 양이 되었고, 새로 만난 친구 G 양과 함께 다듬는 과정에서 문득 이런 생각이 들었다. '이 글들을 책으로 엮어 보자.'

이 책은 그렇게 시작되었다.

내 삶의 한 모퉁이를 차분하게 되돌아보고, 함께 살아준 이들에게 감사하며, 나보다 오래 살아갈 다음 세대에게 작은 흔적을 남기고 싶은 마음으로 글을 썼다.

기억으로는 흐려지지만, 기록으로 남기면 다시 살아나는 풍경들. 그 장면들이 이 책 곳곳에서 독자에게도 잔잔한 여운으로 닿기를 바란다.

2026년 새봄을 기다리며

신 선 호

차 례

서문 ... 5

1부 내 뿌리와 발자취

우리 할머니 ... 13

부모님 ... 16

어머니 1 ... 20

어머니 2 ... 23

집안의 내력 ... 26

아름다운 나의 누님 ... 30

신성우 신부님 ... 32

최기산 보니파시오 주교님 ... 37

아버지의 죽음 ... 41

나의 대학 시절 ... 45

2부 교사로 산다는 것

학교를 떠나던 날 ... 53

국비 연수생 1 ... 55

국비 연수생 2 ... 60

배낭여행 ... 64

삶이 그대들을 속일지라도 ... 72

술에 대한 단상(斷想)들 ... 75

추억의 노포들 ... 81

신당동 성당 ... 83

가장 아름다운 삶 ... 87

3부   사랑하는 이들에게

1장 자녀에게

수미에게 보낸 편지 1 ... 94

수미에게 보낸 편지 2 ... 98

수미에게 보낸 편지 3 ... 100

수미에게 보낸 편지 4 ... 103

수미에게 보낸 편지 5 ... 105

수미에게 보낸 편지 6 ... 109

수미 결혼식 ... 111

2장 인연과 감사

수미 민박집 아주머니께 1 ... 118

수미 민박집 아주머니께 2 ... 120

내 친구 성모에게 ... 125

정서웅 선생님께 보낸 편지 ... 127

3장 손주에게

박도윤에게 ... 132

준서에게 ... 134

손자의 문안 인사 ... 137

4부 여행과 일상의 풍경들

이시가키의 추억 ... 143

대련을 다녀와서 ... 146

샤먼에서 돌아와 ... 150

크루즈에서 ... 154

없어진 가게에 남겨 둔 마음 ... 156

피아노와 이별하던 날 ... 158

김밥 ... 161

판단이 어렵다 ... 163

글과 인연 ... 166

라켓이 내 인생을 이끈 시간들 ... 170

백담사에서 ... 173

화분에 물주기 ... 175

5부 나의 소명 — 신협과 문화원장

1장 신협 이야기

계산신협 이야기 1 ... 182

계산신협 이야기 2 ... 186

계산신협 이야기 3 ... 189

계산신협 이야기 4 ... 193

계산신협 이야기 5 ... 197

계산신협 이야기 6 ... 201

계산신협 이야기 7 ... 205

조합원들에게 보낸 서한 ... 207

2장 문화원장의 길

계양문화원 ... 213

원장이라는 이름 앞에서 ... 216

문화원장 인터뷰 내용 ... 218

효성동 도당제 ... 222

문화는 그렇게 자란다 ... 224

글을 끝내며 ... 226

1부

내 뿌리와 발자취

우리 할머니

할머니에 대한 가장 확실한 기억은 공교롭게도 할머니가 돌아가시던 날의 풍경이다.

그날은 내가 초등학교 4학년 종업식을 하는 날이었는데, 귀가 중에 할머니가 돌아가셨다는 사실을 알게 되었다.

당시 할머니는 우리 동네에서 가장 연장자셨다.

동네 사람들은 대부분 우리 할머니에 대한 공경이 대단했는데, 집에 무슨 대소사가 있어 떡이나 과일 등이 생기면 반드시 할머니가 잡수시라며 조금씩 우리 집에 가져왔다. 그 뿐만 아니라 설이면 동네 사람 누구도 우리 집에 세배를 거르는 일은 거의 없었고, 어머니는 하루 종일 부엌에서 술상을 차리며 세배꾼들의 뒷바라지를 해야 했다.

할머니가 돌아가시자 동네 사람들은 누가 먼저랄 것도 없이 모두 우리 집에 모였다. 남자들은 돼지를 잡고 못자리를 정리하는 등 매우 분주하게 움직였다. 못자리는 눈이 무릎까지 쌓여 있는 산에 마련했는데, 동네의 우마차가 모두 동원되어 방앗간에서 왕겨를 실어 산 밑으로 옮기고, 다시 지게로 져서 못자리에 산처럼 쌓아 올렸다. 그러곤 왕겨 더미에 불을 붙였다. 왕겨는 3~4일 동안 계속 탈 만큼의 양이었고, 다 타고 나니 눈 속의 땅이 녹아 못자리를 팔 수 있었다. 참 신기했다.

돼지를 잡는 모습은 더욱 극적이었다. 몇 명은 가마솥에 물을 끓이고, 몇 명은 돼지를 묶어 왔다. 돼지의 네 발을 한데 묶은 뒤 장정 두 사람이 서까래만 한 나무를 돼지 다리 사이에 끼워 양쪽에서 메고 오는 것이었다. 물론 돼지는 온 동네가 떠나가라 죽겠다고 소리를 질러댔다.

모든 준비가 끝나면, 그때까지 조용히 숫돌에 칼만 갈고 있던 분이 칼날을 이리저리 살핀 뒤 돼지의 목을 땄다.

이 일은 애당초 한두 사람이 할 수 있는 일이 아니었다. 여러 사람이 힘을 합쳐 돼지가 움직이지 못하게 붙잡아야 했고, 목에서 흐르는 피, 즉 선지를 받아 순대를 만드는 일, 가마솥에서 끓는 물을 돼지에 부어가며 털을 뽑는 일, 돼지를 해체하는 일, 생간을 먹기 위해 양념 소금을 준비하는 일, 그런 일들을 지휘·감독하는 늙은이, 내장을 정리하면서 나온 오줌보를 얻어 공차기하는 아이들까지….

안에서도 분주하기는 마찬가지였다.

우선 급한 것은 술을 빚는 일이었는데, 날씨가 추워 술이 더디 익는다고 장례를 아예 7일장으로 했다. 콩을 갈아 두부를 끓이고, 떡을 하고, 전을 부치고, 밖에서 일하는 사람들의 음식을 장만하고…. 방에서는 대여섯 명이 둘러앉아 수의를 만들고 상복을 지었다.

하루 이틀 지나면서 멀리 떨어져 사시던 고모들이 도착했다. 그들은 차에서 내리자마자 머리를 풀고 곡을 하며 집까지 오셨다. 어린 눈에는 좀 해괴해 보였지만, 고모들이 얼마나 슬피 우시던지 그런 모습을 보고 있자면 나도 모르게 눈물이 고였던 기억이 난다.

평소 할머니는 나를 무척 사랑하셨다.

할머니는 대부분 안방 아랫목에 누워 지내셨는데, 내가 밖에서 놀다

들어오면 항상 이불 속에 잘 감춰 두었던 떡이며 과일, 엿, 사탕 등을 꺼내 주셨다. 할머니 정성이야 그렇다손 치더라도, 지금 생각해 보면 이불 속에 먼지가 얼마나 많았겠는가. 그래도 할머니에 대한 아련한 기억과 함께, 그때 맛있게 먹었던 기억이 여전히 새롭다.

(2025. 4. 21.)

부모님

우리 어머니는 참으로 불쌍하게 돌아가셨다. 집안에서 점점 설 자리가 좁아지면서 결국 집에도 들어오지 못하시고, 딸네 집과 병원을 전전하시다가 끝내 요양병원에서 쓸쓸히 눈을 감으셨다.

요즘은 노인 인구가 늘어나면서 요양병원도 많아지고 시설이 좋은 곳, 직원들이 친절한 곳도 많지만, 당시만 해도 요양병원은 아주 가난하거나 돌봐 줄 자식이 없는 불행한 사람들이 가는 곳이었다.

어머니가 병원에 계실 때 나는 매일 출근길에 잠시 들르곤 했는데, 그 짧은 만남조차 어머니는 늘 아쉬워하셨다. 하루는 성당 행사 때문에 면회를 하루 거르고 다음 날 찾아뵈었더니, '왜 이렇게 늦게 왔느냐?' 하고 원망스러운 눈으로 바라보셨다. 그때 마음이 너무 아팠다.

어머니가 돌아가시자, 나는 어머니를 집에 모셨다. 즉흥적인 생각이 아니라 오래전부터 계획해 오던 일이었는데, 늘 걱정하던 것은 '날씨만 너무 덥거나 너무 춥지 않았으면 좋겠다.'는 것이었다. 그런데 어머니는 하필 일 년 중 가장 더운 삼복더위에 돌아가셨다.

그래도 오랜 기간 계획한 일이라 다른 방법을 찾지 못했고, 결국 집에 모실 수밖에 없었다. 마당에는 차양(遮陽)을 치고, 정원과 대문 밖에는 천막을 설치했다. 또 인근 공장에서 전기를 끌어와 불을 밝히고, 방마다 에어컨을 임대해 돌리며 조문과 기도를 위한 공간을 마련했다.

어머니는 평생 신앙생활을 하셨던 분이라 대녀(代女)들이 많아, 찾아오는 사람들로 기도 공간이 늘 비좁았다. 나는 형제가 없었기 때문에 모든 일을 내가 직접 결정하고 진행해야 했다. 다행히 내 주위에는 친형제처럼 나를 도와주는 지인들이 많았다. 그들은 장례 기간 내내 직장에도 나가지 않고 자기 일처럼 도와주었다. 그 무더운 삼복더위 속에서.

나는 방 안에서 조문객을 맞느라 바빠 밖의 일을 거의 살필 수 없었지만, 지인들이 솔선수범하여 장례를 무사히 치를 수 있었다.

어머니는 나를 마흔에 낳으셨다. 내가 태어나기 전 부모님은 이미 남매를 두셨는데, 집안이 원래 손(孫)이 귀한 집이라 그럭저럭 살아가실 수 있었을 것이다. 그런데 형이 열여섯 살 되던 해, 전쟁 중 전염병에 걸려 세상을 떠났다고 한다. 그 후 어렵게 내가 태어났으니, 얼마나 사랑스러웠겠는가?

내가 어렸을 때 우리 집은 부자였다. 부친은 이곳저곳에서 양조장을 운영하셨는데, 어린 시절 양조장 행사에서 찍힌 사진을 브면 참 화려했다. 시골이었지만 집도 넓었고 논밭도 많아 늘 상머슴을 두고 살았다. 상머슴은 부부가 함께 들어와 남편은 바깥일을, 부인은 안살림을 맡았으며, 아이들도 함께 우리와 살았다.

특히 소를 많이 가졌는데, 우리가 직접 기르는 것이 아니라 주위 어려운 집에 소를 빌려주곤 했다. 소는 그 집에서 1년 동안 농사일을 도우며 새끼를 낳았고, 농사가 끝나면 그 새끼와 함께 우리 집으로 돌아왔다. 당시에는 농기계가 없었으니, 소는 농사에 꼭 필요한 존재였다.

나는 어릴 적부터 부친을 따라 횡성 우시장에 자주 갔는데, 그때 부친과 함께 먹던 국밥이 지금도 생각난다. 한 번은 그 국밥이 그리워 일부러 우시장을 다시 찾아갔지만, 이미 외곽으로 이전해 있었고, 그곳에서도 국밥집을 찾을 수 없었다.

내가 철들 무렵, 우리 집은 서서히 쇠락해 가기 시작했다. 1950년대까지만 해도 술의 중심은 막걸리였는데, 1960년대 들어 희석식 소주가 보급되더니, 1970년대에 이르러서는 완전히 판세가 뒤집혔다. 결국 양조장을 하던 우리 집도 몰락을 피할 수 없었다. 가게의 쇠락은 하루아침에 오는 것이 아니라 십수 년에 걸쳐 서서히 찾아오는데, 1970년대 전국의 양조장이 하나둘 문을 닫을 때 우리 집도 완전히 무너졌다.

부자로 살던 우리 집이 어려워진 데에는 나도 한몫했다. 늦게 얻은 아들이라 부모님은 온갖 정성을 쏟으셨다. 그런데 문제는 중학교 진학이었다. 당시 초등학교를 졸업하면 중학교 입학시험을 치렀는데, 이는 대부분의 사람이 겪는 가장 치열한 시험이었다. 일단 명문 중학교에 들어가면, 병설로 있는 명문고에 진학하기도 쉽고 이어 대학 가기도 수월했다.

나는 공부가 잘 되어 횡성이나 원주가 아니라 인천의 명문 중학교 시험을 보게 되었는데, 아무런 준비도 없이 덜컥 합격을 하고 말았다. 달랑 세 식구가 살던 우리가 갑자기 인천으로 이사를 해야 했던 것이다.

문제는 그다음이었다. 강원도에 있던 땅은 갑자기 내놓는다고 해서 팔릴 형편이 아니었고, 뚜렷한 계획도 없는 상태에서 아들 하나를 따라 먼 인천으로 옮겨 온다는 것은 쉬운 결정이 아니었을 것이다. 살던 터전을 그대로 둔 채, 언제 정리될지 모를 땅을 마음에 걸어 두고 새로운 생활을 시작해야 했다.

결국 강원도 땅을 정리해 지금의 집으로 자리를 잡기까지는 꼬박 3년이 걸렸다. 그 시간은 준비 없는 이사가 얼마나 큰 부담이었는지를 말해 준다.

강원도에서 비교적 부자로 편히 살 수 있었던 부친은, 그 무렵부터 고생이 시작되었고 끝내는 고생만 하시다가 70세에 위암으로 돌아가셨다.

(2025. 4. 24.)

어머니 1

우리 어머니는 약 3~4개월을 병원 신세를 지시다가 돌아가셨다. 돌아가시는 순간까지도 정신이 또렷했는데, 요양병원에서 주는 안정제는 누구도 끝내 일어나지 못하게 했다.

처음에는 정형외과에 입원하셨다가 고령으로 별로 차도가 없자 근처의 요양병원으로, 다시 서구에 있는 좀 규모가 큰 요양병원으로 옮겼다가 결국은 그곳에서 생을 마감하셨다.

요양병원에 있는 동안 나는 매일 출근길에 잠깐씩 면회를 하였는데 휴일에는 좀 긴 면회도 허락되었다.

하루는 담당 의사와 간호사들의 허락을 받아 외출을 하였는데, 나는 어머니를 모시고 근처에 있는 국밥집을 간 적이 있었다.

어머니는 맛있다고 하시면서 엄청 잘 드셨는데, 병원에 돌아가니 간호사들이 '아드님과 함께 식사를 하셔서 얼마나 좋으셨냐?'고 부러워하니 더욱 의기양양하시던 모습이 기억에 난다. 나는 모처럼 효도를 한 마음에 기분이 좋아 즐거운 마음으로 헤어졌다.

다음 날 아침 늘 그랬듯이 출근길에 병원에 갔다가 나는 그만 울고 말았다. 어머니 입술은 퉁퉁 부어 있었고 푸른 소독약이 잔뜩 발라져 있어 몹시 흉해 보였다.

이유인즉, 어머니는 자식과 함께 하는 식사가 너무 좋아 뜨거운 것도 모르고 국밥을 마구 드셨던 것이다. 안정제로 감각이 무뎌져서 뜨거운 것도 모르고 아들과 함께 하는 식사만 좋아서 그렇게 마구 드셨으니. 게다가 병원 사람들의 부러움을 받으며 의기양양 귀원하시다니. 아무리 못된 부모인들 자식에게 뜨거운 음식을 먹게 하여 입술을 데게 한 부모가 있을까?

나는 술을 좋아하고 자주 마시는 편이지만 절대로 2차를 가지 않고 늦도록 마시는 일도 전혀 없다. 아무리 늦어도 9시를 넘기는 일은 없고, 아무리 많이 마셔도 10시 전에는 꼭 잠자리에 든다.

이런 버릇은 내 나이 40 중반쯤에 생겼는데, 물론 그 전에는 나도 밤 늦게 술을 마시는 일도 많았다. 늦게까지 술을 마시고 귀가하는 날이면 현관 옆 어머니 방을 지나면서 그냥 '저 왔습니다.' 하면 어머니는 늘 '좀 일찍 다녀라. 피곤하겠다.' 하시었다.

하루는 술을 좀 많이 마셨는데 그날따라 어머니가 보고 싶어서 어머니 방을 열고 들어간 적이 있었다. 꽤 늦은 시각이어서 나는 당연히 주무시리라 생각했는데 어머니는 그 시각까지 촛불을 켜놓고 기도를 하고 계셨다. 깜짝 놀라 물었다.

"밤도 늦었는데 아직도 안 주무시고 무슨 기도를 그렇게 하세요?"

"아범도 안 들어왔는데 무슨 잠을 자니?"

아! 어머니는 내가 마무리 늦게 오더라도 그 시각까지 아들의 무사 귀환을 기도하시면서 기다리고 계셨던 것이다.

지금은 어머니가 돌아가신 지도 20년 가까이 되었지만, 술자리가 늦어질 때면 촛불 앞에서 나를 기다리고 계실 어머니 생각에 그 자리를 오래 지키지 못한다.

(2025. 5. 20.)

어머니 2

가끔 집사람과 언쟁이 붙으면 집사람이 하는 말이 있다.

"당신은 가정교육을 못 받고 자랐어."

맞는 말이다.

중학교에 입학하면서부터 나는 부모님과 떨어져 지냈다. 중학교 1학년부터 고3까지 집을 떠나 살았으니 가정에서 배울 여건도 부족했고, 부모님께 제대로 잘해 드린 기억도 없다. 그 생각이 늘 마음 한구석에 남아 있다.

내가 처음으로 부모님께 불효를 저지른 것은 대학입시를 며칠 앞둔 어느 겨울이었다. 다만 그것은 내가 기억하는 최초의 불효일 뿐, 기억조차 남기지 못한 불효들은 그 이전에도 셀 수 없이 쌓여 있었을 것이다.

입시가 가까워지자 나는 친구들과 독서실에서 밤을 새우며 공부하곤 했다. 그러던 어느 날, 입시를 열흘쯤 남긴 시점이었는데 날씨가 유난히 추웠다. 그날은 친구들도 거의 나오지 않아 독서실에는 나와 장성모 둘뿐이었다. 초저녁부터 배가 살살 아팠는데, 밤이 깊어지자 통증은 견딜 수 없을 만큼 심해졌다.

도저히 참기 어려워 성모에게 이야기를 했더니 "아프면 공부가 되겠냐?"며 하숙집으로 가서 쉬라고 했다.

나는 겨우 몸을 추스르며 하숙집으로 돌아왔다.

며칠째 독서실에서 밤을 보내다 보니, 하숙집에서는 내가 들어오지 않는 줄 알고 방에 연탄을 넣어 두지 않았다. 당시에는 형편이 넉넉하지 않아 사람이 들어오지 않는 방에 연탄을 피울 이유도 없었을 것이다. 한겨울에 며칠째 연탄을 넣지 않았으니 바닥은 그대로 얼음처럼 차가웠고, 나는 그 위에 이불을 덮고 몸을 웅크린 채 한참을 끙끙거렸다.

얼마 뒤 성모가 다시 찾아왔다. 아마 걱정이 되었나 보다. 결국 병원으로 옮겨졌고, 급성 맹장염이라는 진단을 받고 수술을 받게 되었다.

마취에서 깨어나는 순간의 기억은 지금도 또렷하다. 눈을 뜨자 병실 전체가 둥근 원처럼 흐릿하게 보였다. 그 원 안쪽에 어머니가 앉아 계셨다. 쪽 진 머리에 한복을 입으시고. 표정은 기억나지 않는다. 보려고 해도 제대로 볼 기운이 없었다.

그때 문득 떠오르는 생각이 있었다.
'아, 이번 시험은 틀렸구나.'

왜 그 생각이 먼저 들었는지 정확히 설명할 수는 없지만, 그 순간 어머니가 불쌍하게 느껴졌다. 오랫동안 아들의 뒷바라지를 해 오셨는데,

시험을 앞두고 이런 일을 겪으니 마음이 얼마나 무너지셨을까 싶었다. 그런 생각이 드니 도저히 어머니를 똑바로 볼 수가 없었다.

어머니는 내 상태를 살피며 이것저것 말을 건네셨다. 아마 위로하려 하셨을 것이다. 그러나 나는 아무런 대답도 하지 못하고 눈물만 흘렸다. 그렇게 흘린 눈물이 내 생애에서 처음 느낀 불효의 눈물이었다.

그 뒤로도 불효는 여러 번 이어졌지만, 그날의 장면은 여전히 잊히지 않는다.

(2025. 12. 9.)

집안의 내력

우리 집은 전통적인 가톨릭 집안이다. 일찍이 종조부 신성우(마르코) 신부님이 1920년에 사제품을 받으셨고, 출생지가 경기도 가평으로 되어 있는 것으로 보아 선조들은 가평에서 살다가 1800년대 후반 천주교 박해를 피해 풍수원 성당 인근(횡성군 서원면 금대리)으로 옮겨 온 것으로 짐작된다.

외가 또한 용소막 성당 인근에서 대가를 이루었으니, 양가 모두 박해 시절부터 신앙을 지켜 온 골수 가톨릭 집안이었다.

풍수원 성당이나 용소막 성당은 당시로서는 드물게 깊은 산골에 세워진 본당이었다. 그 시절, 그런 오지에 어떻게 성당을 지을 수 있었을까 하는 의문은 지금도 남아 있다.

내가 어렸을 때만 해도 양가의 혼사에서 가장 중요한 요소 중 하나가 '천주교 신자인가?' 하는 점이었으니, 박해 시절에도 신자들끼리는 비밀리에 서로 왕래가 있었던 모양이다.

할아버지 대에는 형제도 많고, 사촌 형제들(항우, 용우)도 두 분이나 있어 공소회장을 번갈아 맡았다.

집안에는 초창기 성직자도 배출되어 마을에서 대가를 이루었지만, 한국전쟁 이후 한두 명씩 고향을 떠났고 지금은 강원도에 선산만 남아 있을 뿐 아무도 살지 않는다.

외가 쪽도 외삼촌이 본당 회장과 교리교사를 오래 맡으셨고, 여러 성직자가 배출된 전형적인 신앙 집안이었다.

우리 친가의 구성은 이렇다.

할아버지는 4형제(석우·시우·성우·공우)였다.

맏이인 우리 할아버지(석우)는 아들 두 명(원식, 명식)을 두었고, 둘째(시우)는 무자(無子), 셋째(성우)는 천주교 사제로 사셨다.

넷째(공우)는 외아들(정식)을 두었으니, 그 결과 할아버지 대에는 4형제였던 집안이 아버지 대에 이르러 3형제로 이어졌다.

돌이켜보면, 우리 집안은 대를 거치며 점점 줄어드는 흐름을 보였다. 할아버지는 외아들인 증조부(두휴)에게 양자로 들어갔고, 삼촌(명식)도 아들이 없는 둘째 할아버지(시우)에게 양자로 갔다.

그 결과 나는 증조-조-부에 이어 4대 독자이며, 아들과 손자로 이어지는 6대가 모두 독자다.

요즘은 외아들도 많아 별일 아니지만, 당시에는 4대 독자에게 군 면제 혜택이 있었기에 나는 후방에서 기본 군사교육만 받고 군 복무가 면제되었다. 그러나 내 아들은 5대 독자임에도 아무런 혜택 없이 정상 입대해 복무를 마쳤다.

삼촌은 하나뿐인 아들을 어린 나이에 잃어 후손이 끊겼고, 넷째 할아버지 집안만 당숙(정식)이 4형제(광호·상호·태호·문호)를 두어 그나마 대를 이었다. 집안 전체로 보면 손이 무척 귀한 편이다.

딸들은 더러 있었는데, 나는 고모가 세 분 계셨다.

세 고모 모두 나를 대단히 아껴 주셨다.

큰고모는 부산 피란 시절 그곳에 정착해 평생 부산에서 사셨다.

어려서 큰고모가 우리 집에 오시면 한두 달씩 머물곤 했고, 인심이 후하고 환한 웃음으로 집안 이야기들을 들려주신 기억이 선하다.

큰고모의 따님인 사촌누이(최병숙)가 서울에 살았는데 외모와 성품이 큰고모와 판박이였다.

집에 오실 때면 어머니가 이것저것 싸 주려고 하고, 사촌누이가 끝내 안 가져가겠다며 옥신각신하던 모습이 지금도 생생하다.

둘째 고모는 인근의 어려운 집안으로 시집가셨는데, 원래 몸이 약하셨고 병을 앓아 일찍 돌아가셨다. 딸만 낳다가 뒤늦게 어렵게 아들을 하나 얻은 것으로 기억한다.

할머니 장례 때 슬피 울던 모습이 아직도 기억 속에 남아 있다.

둘째 고모의 딸의 딸이 내 조카와 함께 베네딕도수녀원의 수녀님인데, 엄마끼리 내외종간이라 아주 먼 친척도 아닌데 우연히 수녀원에서 만나게 되었다고 한다.

셋째 고모는 연천에서 양조장을 하시던 여장부였다.

아주 가난한 집에 시집간 뒤 고모부(손광식)가 우리 집에서 양조 기술을 배워 연천에 양조장을 차리셨다고 한다.

결혼 후 시댁이 너무 어려워 밥이 입맛에 맞지 않는다고 저녁마다 그 밥을 싸 와서 우리 할아버지와 바꿔 먹었다는 이야기도 있다.

셋째 고모는 어려운 집안을 일으켜 세웠다는 자부심이 남다르셔서, 국회의원들 앞에서도 큰소리치던 분이다.

고모부는 늘 조용히 기도하시던 분이었고, 그 덕인지 고모부의 조카가 훗날 주교품(손희송 주교, 의정부교구장)에 올랐다.

초등학교 입학 무렵 고모가 사 주신 책가방은 시골에서는 보기 힘든 귀한 물건이었다.

외가는 우리와 반대로 집안에 딸은 귀하지만 아들은 아주 많은 집안이다.

외삼촌은 아들 삼형제를 두었고, 외당숙도 4형제로 그 후손은 이루 셀 수 없이 많다. 그런데 딸은 우리 어머니 한 분뿐이어서 어려서부터 고명딸로 늘 특별한 대접을 받았다. 집안에 무슨 경사가 있어 외갓집에 가면 어머니의 손아래 외당숙들이 어머니를 극진히 모시던 모습이 지금도 생생하다.

가끔 중앙고속도로를 지날 때면 저 멀리 보이는 용소막 성당과 함께 외가에서 뛰놀던 기억이 새삼 떠오르곤 한다.

(2025. 5. 16.)

아름다운 나의 누님

나는 엄마 같은 누님이 한 분 계신다.

우리 형이 열여섯 살 때 죽었고, 나는 형이 죽은 뒤에 태어났다. 누님은 형보다 세 살쯤 위라고 들었으니, 나와는 스무 살 가까운 터울이 난다.

누님은 내가 태어나기 전에 이미 결혼을 하셨고, 큰조카는 나와 나이가 거의 같았다. 그러니 누님을 '엄마'라고 불러도 전혀 이상할 것이 없는 나이였다. 실제로 내 친구들의 어머니가 대부분 우리 누님 또래였다.

누님은 전쟁 중 이북에서 월남한 매부(오두석)와 결혼하셨다. 이 인연은 종조부님 덕분이었다. 종조부는 해방 전부터 황해도 재령·안악·개성 등지에서 사목활동을 하셨는데, 그 시절 안악에서 월남한 매부를 알고 지내셨고, 신부님의 소개로 누님과 혼사가 이어진 듯하다.

매부는 누님보다 네댓 살 위였고, 이북에서는 부잣집 아들로 곱게 자라 대학까지 졸업한 분이다. 월남한 뒤 한동안 풍수원 성당에서 운영하던 학교에서 교사로 일하셨지만, 종전 이후 학교가 폐교되면서 특별한 자격증이 없다 보니 다른 직장을 잡지 못하고 결국 우리 집에 얹혀살게 되었다.

우리 집은 당시 농사를 지었는데, 농사일을 전혀 모르는 매부는 기본적인 일도 제대로 하지 못했다. 자연히 아버지 눈치만 보며 지내다가, 막내 고모가 운영하는 양조장에 직원으로 들어가 평생을 거기서 보내셨다.

매부는 남에게 싫은 소리 한 번 하지 못하고, 욕심도 욕망도 없이 그저 허허 웃으며 사는 분이었다. 다행히 신앙심이 깊어 성당 근처에서 봉사활동에 전념했고, 주위 사람들과 종종 술잔을 나누며 실향민으로서의 쓸쓸함을 달래다 비교적 이른 나이에 생을 마감하셨다.

누님은 그런 어려운 형편 속에서도 네 남매(오태숙·태연·태순·태준)를 길렀다.

막내를 제외한 세 남매는 우리 집에서 어머니 밑에서 자랐고, 셋째 아이는 고등학교도 우리 집에서 다닌 뒤 수녀원에 들어갔다.

누님은 단신(短身)에 공부를 많이 하신 편은 아니었지만, 똑똑하고 부지런하며 아주 낙천적인 분이었다. 누님은 부친을 많이 닮으셨다.

내가 어릴 적에는 털스웨터를 직접 떠서 입혀주곤 하셨는데, 부모님이 모두 돌아가신 뒤로는 우리 집에 자주 오시지 못한다. 하긴 오신들 나는 출근해야 하고, 누님 혼자 집에 계실 수도 없으니 자주 오기 어려웠을 것이다.

누님의 자식들도 어려서는 외갓집에서 먹고 자라며 내 친동생처럼 지냈지만, 요즘은 서로 거의 왕래가 없다. 물질문명의 발달로 삶은 편리해졌지만, 사람과 사람 사이의 거리는 오히려 더 멀어진 것 같다.

(2025. 6. 4.)

신성우 신부님

　신부님은 1893년 3월 10일에 탄생하여 1920년에 사제가 되신 후 1978년 10월 5일에 작고하셨다. 원래는 1919년에 사제로 서품될 예정이었으나, 1919년 3·1운동 때 신학교 내에서 학생들과 만세 시위를 주동한 일로 징계를 받아 1년 늦은 1920년 9월 18일에 현 명동성당에서 서품을 받았다고 한다.

　사제가 된 후 해방 전까지는 주로 황해도 진남포, 재령, 신천, 해주 등지에서 사목 활동을 하셨고, 1935년에 경기도 개성에 부임하셨는데 개성에서는 성당과 학교를 설립하셨다고 한다(당시 개성이 경기도에 속했나 보다). 이후 춘천 본당에 부임하셨고, 해방 후에는 서울 가톨릭신학대학 경리 신부로(당시는 신학교가 용산에 있었다고 함) 활동하시다가, 마지막 임지는 소사 본당 신부로, 은퇴 후에는 성가수녀회 지도 신부로 계시면서 현 소명여중·고를 설립하시고 초대 교장으로 재임하셨다고 한다(부천시민신문 2023. 4. 24. 「부천시 시 승격 50주년 기념 연재」).

　신부님은 나의 셋째 할아버지시다. 우리 할아버지는 4형제로 우리 할아버지가 맏이시고, 둘째가 시우, 셋째가 성(聖) 자를 쓰셨는데 공교롭게도 사제가 되셨다. 『한국 인명사전』에는 신부님을 소개하면서 부친 (신두휴)과 둘째 형이 공소 회장을 역임하였다고 하는데, 둘째 형의 이름이 '시우(時雨)'인데 인명사전에는 '비우(飛雨)'로 잘못 기재되어 있다. 또한 신부님은 경기도 가평에서 태어나 7세 때 강원도 횡성으로 이사를 하였다고 하니 우리 집안이 강원도에 자리를 잡은 것이 1900년 전후인 것 같다.

신부님은 휴가를 우리 집으로 오셨는데, 휴가는 주로 겨울에 오시고 꼭 엽총을 가지고 지프차에 운전기사를 동반하고 오셨다. 사냥을 직접 하시는 모습은 기억에 없고, 동네 사람에게 총을 빌려주면 여러 사람이 몰려가서 노루를 잡아 오곤 하였다. 노루를 사냥한 날은 동네 사람들이 모두 모여서 밤늦도록 영웅담을 나누던 기억이 있다. 주일이 되면 공소에서 동네 신자들과 미사를 지냈는데, 당시는 신부님을 만나는 일이 쉽지 않아서 동네 사람들은 신부님을 무척 좋아하고 존경했다. 당시 신부님 차를 운전하던 분을 우리는 '심 운전수'라고 부르며 가족처럼 가깝게 지냈는데, 그분은 운전만 하는 것이 아니고 미사 때 복사도 맡아서 했다.

그분의 아들이 서울 가톨릭대, 서강대 등에서 교수로 지내다 베네딕토 16세 교황님으로부터 몬시뇰에 임명되신 수원교구 심상태 신부님이시다.

은퇴 후 소사에 계실 때는 백발에 후두암 수술로 인하 말씀이 자유롭지 못했고, 항상 인자한 미소를 띠고 계셨으며 소명여고 사택에서 사셨다. 워낙 부지런하셔서 노구에도 포도 농사를 짓고 채소밭도 가꾸셨는데, 사후에 학교와 전답을 모두 성가수녀원에 기증하셨고 현재는 부천성모병원으로 사용되고 있다.

사택은 일본식 건물로, 신부님이 기거하시는 집이 따로 있고, 옆집에는 신부님의 식사를 도와주시는 늙은 수녀 한 분과 신부님이 고아원에서 데려온 내 또래의 여자아이가 한 명 있었다. 그 여자아이는 성악을 전공하였는데, 숙명여대를 졸업한 후 독일 유학까지 한 유명한 성악가가 되었다.

나는 중2 때부터 어찌어찌하여 신부님 댁에서 한 1년 남짓 함께 살게 되었는데, 가장 강한 기억은 어느 날 외국 신부님들 몇 분이 수녀님들과 함께 신부님을 만나러 오셨을 때였다. 신부님은 그들과 유창하게 영어로 대화를 하셨는데, 당시는 외국인을 만나는 것도, 더구나 그들과 대화를 하는 것은 좀처럼 볼 수 없는 일이었다. 후두암으로 한국말도 잘 못하시는 분이 그들과 영어로 자유롭게 대화하며 함께 깔깔대고 웃으시다니 놀라웠다.

내 방은 성당의 제대 밑에 있는 지하실 방이었는데 냉·난방 시설이 전혀 없는 창고 같은 방에서 혼자 살았다. 지금 생각하면 도저히 살 수 없는 곳이었는데 당시에는 별로 불편을 못 느끼고 살았다. 모두가 어려웠으니까.

식사는 수녀가 사는 집에서 했고, 저녁에는 신부님 방에서 TV를 보면서 지냈다. 내 방에서 성당 마당을 지나면 성가수녀원이 있었고, 성당 마당에는 큰 두레박 우물이 있었으며, 조금 아래로 지금 부천성모병원 자리에는 고아원이 있었다.

고아원 아이들은 5월 성모 성월이면 매일 성당 앞에 모여 수녀님들과 기도와 함께 성가를 불렀는데, 그때 들리던 청아한 목소리와 멜로디가 지금도 귀에 선하다.

신부님은 내가 대학을 다니면서 야학을 하는 것을 무척 좋아하시고, 가끔 친구들과 맛있는 음식을 사 먹으라고 용돈도 주시곤 하셨다. 대학을 졸업할 무렵 신부님은 85세로 돌아가셨다. 장례 기간 동안 시신을 성당에 모셨고, 한국식 수의 대신 신부님 수단을 입고 검은 구두를 신고 제대 앞에 똑바로 누워 계시던 모습이 기억난다. 묘는 대야동 천주교 묘지에 안장되었다가 현재는 천주교 수원교구 안성추모공원 성직자 묘역에 모셔져 있다. 신부님이 활동하시던 시기는 인천교구가 생기기 전이라 신부님은 서울교구에서 수원교구 신부로 분류되었던 것 같다(현재 부천은 인천교구 소속이다).

나는 손자를 데리고 신부님 묘소를 참배한 적도 있고, 기일이 휴일일 경우 소명여고 교정에 있는 신부님의 흉상 앞에 가서 손자의 기념사진을 찍어 준 적도 있다.
올해도 기일이 마침 추석 연휴 중에 들어 있어 안성까지 가지 말고 손자와 소명여고나 다녀와야겠다.

(2025. 8. 14.)

얼마 전, 소명여고에서 설립자 신성우 신부님의 전시관을 완공했다는 초대장을 받았습니다. 후손의 한 사람으로 감사한 마음을 전하고자 그 기념식 자리에서 제가 했던 말을 이 글 아래에 그대로 덧붙입니다.

안녕하세요.

저는 신부님의 후손 신선호입니다.

신부님은 네 형제 가운데 셋째이셨고, 저는 맏형의 장손으로, 오늘 이 자리에 후손의 한 사람으로 서게 되어 매우 영광스럽습니다.

전시관을 돌아보면서 문화재청장을 지내신 유홍준 교수가 백제문화를 일컬어 하신 말씀이 생각났습니다.

검이불루(儉而不陋), 화이불치(華而不侈)

검소하지만 누추하지 않고, 화려하지만 사치스럽지 않다는 뜻이지요.

교장 수녀님 이하 많은 분들이 정말 수고하셨습니다.

후손으로 거들지 못한 점이 부끄럽기도 하고 감사하기도 합니다.

모쪼록, 학교가 계속 발전하기를 기원하며, 학생들과 관계자 여러분들이 학교를 통해 더욱 즐겁고 보람된 나날이 되시길 기원합니다.

감사합니다.

(2025. 12. 23.)

최기산 보니파시오 주교님

내가 신부님을 처음 만난 것은 1975년 겨울이었다. 당시 나는 부평1동 성당 대학생회 회장으로 야학에 전념하고 있었고, 신부님은 사제로막 서품되어 첫 부임지인 우리 본당에 오셨다. 신부님은 성품이 원래 점잖고 인자하셨지만, 특히 야학에 큰 관심을 보이셨다.

야학을 운영하던 우리 대학생들을 사소한 것까지 살뜰히 챙겨 주셨고, 수고한다며 근처 식당에서 저녁도 자주 사주셨다. 신부님과 나는 성모병원 등지에서 테니스도 곧잘 쳤는데, 함께 운동하고 나면 병원 수녀님들이 음료수나 간식을 챙겨주시던 기억이 아직도 선명하다.

신부님은 1년 후 다른 본당으로 이동하셨지만, 나와는 형님 동생 같은 사이로 가끔 만나 여러 이야기를 나누곤 했다. 그런데 나는 그 신부님께 아주 큰 결례를 한 번 저지른 적이 있다.

1999년 가을, 나는 대학입학수능시험 출제위원으로 선발되어 합숙에 들어가게 되었다. 출제위원들의 생활은 겉보기엔 자유로운 듯했지만 외부와의 모든 연결이 차단된 특수한 상황이었다. TV나 신문은 볼 수 있었지만, 전화나 편지, 심지어 화장실 휴지 하나도 수능이 끝날 때까지

반출이 금지되는 완전한 격리였다.

전반기 20일은 문제 출제와 검토로 정신없이 바쁘다. 하지만 출제가 마감되어 문제지가 인쇄를 위해 다른 기관으로 넘어가면, 우리는 갑자기 할 일이 없다. 처음 며칠은 내기 바둑을 두다가, 나머지는 그저 먹고 자는 일뿐이다. 이상한 것은 먹고 자기만 하는데도 식사 시간만 되면 어김없이 배가 고프고, 배식대 앞에 줄을 서게 된다는 점이다.

그렇게 무료한 시기를 보내던 중, 10월 말쯤 신문을 통해 신부님이 주교로 선임되었다는 소식을 접했다.

밖에 있었더라면 제일 먼저 전화도 드리고 찾아가 축하도 드렸을 텐데, 나는 꼼짝없이 갇혀 아무것도 할 수 없었다. 시간만 흘러갔다.

수능이 끝나고 '출소'했지만, 뒤늦게 전화를 드리는 것도 계면쩍고, 착좌미사에 불쑥 나타나 많은 사람들 속에서 축하 인사를 드리는 것도 왠지 민망하여… 결국 아무 말도 못 드리고 말았다.

그렇게 세월이 흐르고, 주교님은 인천교구장이 되셨고, 나는 어느새 너무 먼 사람이 되어 있었다.

얼마나 지났을까. 하루는 교구청에서 연락이 왔다.

"교구장님께서 선생님을 찾으십니다."

그렇게 4~5년 만에 주교님을 다시 만났는데, 주교님은 환한 미소로 이렇게 말씀하셨다.

"교구 평협을 새로 구성하려고 합니다. 함께 도와주십시오." 어찌 거역할 수 있겠는가.

그날부터 회장으로 내정된 가정2동의 김용식 회장님과 함께 여러 사람들을 만나고 추천받고, 인맥을 총동원해 평판을 조사하며 교구 평협을 구성했다. 나 역시 도움이 될 사람 한 명쯤 필요할 것 같아, 우리 반의 반장이었던 연수동 신자를 총무차장으로 추천해 함께 일하게 했다.

교구평협 임원을 하게 되면 교구청 보직 신부님들과 묘한 경쟁심이 생기기도 한다.

한번은 평협이 주관해 교구 성체현양대회를 열게 되었는데, 계획이 어느 정도 잡힌 뒤 주교님을 모시고 보직 신부님들과 평협 임원들이 저녁을 함께하는 자리에서 주교님이 물으셨다.

"이번 현양대회에 신자들이 몇 명쯤 참석하겠습니까?"

김용식 회장은 주저함 없이 말했다.

"글쎄요, 한 만 명은 모이지 않겠습니까?"

옆에 계시던 사무처장 신부님은 즉시 반박하셨다.

"택도 없습니다. 지금까지 교구 행사에 오천 명 이상 모인 적이 없어요. 누가 강화까지 오겠습니까."

주교님은 아무 말씀 없이 고개만 끄덕이셨다.

그 순간부터 김 회장은 전화기를 손에서 놓지 않았다. 110개 본당 사목회장들에게 일일이 전화해 사람을 동원해 달라고 부탁했다.

그런데 공교롭게도 사무처장 신부님이 본당에 배포된 포스터의 오류를 지적했다.

나는 김 회장님과 상의해 포스터를 즉시 새로 인쇄하고, 평협 임원 전원을 불러 구역을 나누어 포스터를 전부 교체했다. 나는 김포와 강화의 모든 본당을 직접 돌며 포스터를 확인했다. 전화위복이랄까, 본당 사무장들은 우리가 직접 포스터를 바꾸러 온 것에 매우 고마워했고,

이 과정에서 인원 동원도 다시 한번 독려할 수 있었다. 행사는 무사히 끝났고, 강화경찰서의 추산은 약 12,000명. 강화도가 생긴 이래 관광버스가 그렇게 많이 온 것은 처음일 것이라는 말까지 나왔다.

천주교 행사에서는 인원을 집계하는 고유한 방식이 있는데, 그 숫자도 경찰서 발표와 거의 비슷했다. 그날 저녁, 주교님과 보직 신부님들, 평협 임원들이 모인 자리에서 주교님은 모처럼 환하게 웃으시면서 이렇게 말씀하셨다.

"김 회장님, 정말 대단하십니다."

그렇게 또 세월이 흘렀다.

아카시아꽃이 흐드러지게 핀 어느 날, 나는 TV 뉴스로 교구장님의 부음을 접했다. 많은 사람들이 사인을 스트레스에 의한 과로사라고 했다. 아무 준비 없이, 홀연히 우리 곁을 떠나가셨다.

대부분의 인간관계는 비가역적이다.

언제나 큰 형님처럼 온화한 미소로 아낌없이 주기만 하시던 분.

이제 시간도 마음도 어느 정도 여유가 생겨, 주교님 곁에서 조금이나마 도와드릴 수도 있었던 때에….

그분은 이미 너무 먼 곳으로 가 버리셨다.

"전능하신 하느님, 최기산 보니파시오 주교님께 영원한 안식을 주소서."

(2025. 6. 9.)

아버지의 죽음

　우리 아버지는 70세 되시던 날 위암으로 돌아가셨다. 발병 후 한 3년 간 모진 고통 끝에 수술 없이 자기 병을 고스란히 안고 가셨다.

　질병의 가족력이라는 것은 무섭도록 정확하여 나도 위암 수술을 받았는데, 내가 수술 날짜를 잡고 침대에 누워 생각해 보니 공교롭게도 부친과 나의 발병 나이가 거의 비슷했다.

　우리 가족들은 암에 대한 저항력이 약한지 할아버지 두 분도 인후암과 뇌종양을 앓으셨다. 발달한 의학 덕분에 나는 조기에 발견하여 수술 후 아직도 멀쩡히 살아 있는데, 부친은 늙은 나이에 무슨 수술을 하겠냐고 수술을 거부하고, 돌아가시는 순간까지 진통제만 의지한 채 그렇게 힘들게 가셨다.

　당시는 집으로 병문안을 오시는 분들이 참 많았는데, 부친은 본인이 돌아가시면서도 꼭 병문안 온 손님들에게 술상을 대접하게 하셨다. 손님들은 위로의 말로 그냥 가볍게 '위암에는 무엇이 좋다더라.'고 처방을 말하곤 했는데 당시 내가 느낀 점은 환자에게는 절대로 처방을 말해 주면 안 된다는 사실이다. 특히 민간요법은 대부분 아무런 근거도 없게 마련이지만 처방을 들은 환자나 가족은 별 효과가 없을 줄 알지만 그냥 있을 수 있겠는가?

아버지는 돌아가시는 순간까지도 집에서 기르는 소들을 몹시 보고 싶어 하셨고, 휴일이면 내가 부친을 업고 나가서 소들을 보여드릴 수 있었다.

암이란 병은 통증에 의한 고통은 심하지만 정신은 멀쩡하여 소들의 상태나 특징들을 거의 기억하고 계셨다. 저놈은 유량(乳量)이 얼마나 늘었고, 저놈은 몇 달 후에 새끼를 낳을 예정이고. 저 어린놈들은 뿔을 제거한 시기가 다 되었고.

난 매주 부친을 업고 나갔는데 부친의 체중은 날이 갈수록 감소하여 돌아가실 무렵에는 약 25kg 정도밖에 안되었다. 위암은 소화를 시킬 수가 없어 온몸에 살이 다 빠진 후에야 돌아가신다. 뼈와 가죽만 남은 헐렁한 신체는 날이 갈수록 가벼웠고 매주 그것들을 느끼는 것은 나로서는 참 견디기 어려운 슬픔이었다.

우리 집은 1969년부터 팔자에 없는 홀스타인(젖소) 목장을 했다. 강원도에서 대책 없이 이사를 온 후 이것저것 알아보았으나 마땅히 잡히는 일이 없었는데 당시 우리나라는 젖소 목장이 막 시작되는 무렵이었다. 하지만 외국서 수입하는 젖소를 차지하기는 무척 어려웠다. 부친은 평소 자신에게 신세를 많이 진 강원도의 한 국회의원에게 다리를 놓게 하여 수입하는 젖소를 배정받을 수 있었다. 젖소는 호주, 뉴질랜드, 캐나다 등지에서 수입을 하는데, 첫 새끼를 밴 생후 18개월에서 20개월 정도의 소가 수입되었다.

우리는 처음 네 마리를 분양받았는데 이웃집 지인이 아버지를 끈질

기게 졸라 한 마리는 이웃집에 팔고 세 마리로 시작했다. 젖소는 암놈을 낳아야 개체 수가 늘어나는데 이웃에 판 소만 암놈을 낳았고 우리 집 세 마리는 모두 수놈을 낳았다.

당시는 우유 냉각기나 목초지 등이 준비되어 있지 않아 우유는 그냥 찬물로 냉각시키고, 소먹이 풀도 인근에서 베어 와야 했다. 이런 일들은 강원도에서 데리고 온 일꾼이 했는데 일꾼인들 이런 일들에 익숙할 수는 없었다. 우유는 하루에 세 번 착유를 했고, 먹이도 하루 세 번을 예외 없이 주어야 했다. 휴일도 없이. 얼마나 힘들었겠는가?

특히 어려웠던 일은 소가 새끼를 낳는 일이었는데, 이 일은 집안 식구가 모두 동원되어야 했다. 새끼는 낮이고 밤이고 정해진 시간이 없이 출산하게 되는데, 한밤중이나 추운 겨울철에는 특별히 손이 많이 가고 어려웠다.

부친은 1983년 여름에 돌아가셨는데, 돌아가시던 해 가을에 아들이 태어났다.

우리 집안은 손(孫)이 귀한 집안이라 특히 아들이 엄청 귀했는데 부친은 그렇게 기다리던 손자를 만나지 못하고 돌아가셨다. 물론 위로 손녀가 둘이 있어 사랑을 많이 받았지만 그리고 겉으로 표현은 안 하셨지만 손자를 무척 기다리셨는데 결국은 만나지 못하고 그렇게 가셨다. 아들이 태어나자 혹, 위로가 될지 몰라 나는 자주 부친 산소에 어린 아들을 데리고 갔지만 지금 생각하면 그것도 부질없는 짓이 아니었겠는가?

부친은 나에 대한 신뢰가 아주 강해서 어려서부터 나는 부친으로부터 어떤 꾸중이나 야단을 맞은 적이 한 번도 없다. 중·고등학교 때는 떨어져 있어서 그렇다손 치더라도 대학을 다닐 때 나는 학교도 자주 안 가고 야학에만 몰두했는데 그래도 아들에게 싫은 말씀을 한 번도 한 적이 없으시다. 단지 어려서부터 "너는 커서 정치나 사업 쪽으로는 아예 쳐다보지도 말고 학교 선생이나 하라."는 말씀만 하셨다. 오히려 어머니한테는 가끔 야단도 맞았지만.

부친이 돌아가시고 얼마 지나지 않아 우리나라는 본격적인 마이카(my-car) 시대를 맞았다. 나도 부친이 돌아가신 다음 해에 중고 승용차를 하나 장만했는데, 지금도 승용차로 부친을 모시고 교외에 나가서 식사라도 한 번 대접했으면 얼마나 좋았을까 하는 아쉬움이 계속 남아있다. 손주들의 재롱도 보여드리고 싶고.

내일부터는 긴 연휴라고 하니 시간을 내어 부모님 산소에 가서 잡초라도 좀 뽑아드리며 불효를 뉘우쳐야겠다.

(2025. 5. 2.)

나의 대학 시절

나는 대학 생활의 추억이 거의 없다.

새내기라면 누구나 가질 법한 설렘도 없었고, 기타를 배우지도 못했고, 당구도 못 쳤다.

어렵사리 술·담배 정도는 배웠지만, 그마저 담배는 금세 끊어 버렸다.

대학 생활에 점수를 매긴다면, 그냥 '졸업했다'는 이유 하나로 60점쯤 줄 수 있을까. 그 정도면 기특한 편일지도 모르겠다.

원하던 대학 진학에 실패하고, 이름조차 낯설던 2차 대학에 진학한 탓도 있었지만 무엇보다 그 시절의 대학 분위기 자체가 민주화 열망으로 뒤숭숭하고 혼란스러워 나와는 잘 맞지 않았다.

특히 우리 과에는 재수, 삼수, 심지어 오수까지 한 학생도 있었다. 그들은 대체로 머리를 기르고 담배를 피우고 당구도 잘 쳤다. 그들이 쓰는 말투와 농담은 지나치게 거칠고 저속했다.

교복을 벗은 지 얼마 되지 않은 나로서는 그런 분위기가 몹시 낯설고 불편했다. 고등학교에서는 한 번도 쓰지 않던 말투와 농담들이 자연스럽게 오가는 것이 특히 그랬다.

수업도 기대와 달랐다. 군 입대를 미루기 위해 전공을 따지지 않고
'일단 입학부터 하자'는 생각으로 들어온 이들이 적지 않았고, 그 결과
제2외국어는 물론 이과 기본 과목인 미적분·물리·화학조차 제대로 접
하지 못한 학생들도 많았다. 이는 개인의 학업 태도 때문이라기보다, 당
시 대학마다 입시 과목이 달랐고 성균관대의 경우 국어·수학·영어와
선택과목 하나만으로 지원할 수 있어 문·이과의 교차 지원이 가능했던
제도적 배경과 무관하지 않았다.

그러던 어느 날, 결정적인 일이 나를 학교에서 멀어지게 만들었다.

중간고사였다. 시험장은 말 그대로 부정행위의 경연장이었다. 남녀를
가리지 않았다.

고등학교 3년 동안 무감독 시험으로 부정행위는 상상조차 못 했던
나로서는 그 광경이 충격적이었다. 그날 이후 나는 자연스레 학교와 거
리를 두기 시작했다.

야학을 만들다

1974년, 내가 대학에 입학한 해였다.

성당 대학생회 모임에서 공단에서 일하던 어린 노동자들 이야기가 나
왔다.

봉제·가발 공장은 밤낮 없이 돌아갔고, 그곳에는 열일곱, 열여덟 살
밖에 되지 않은 소녀들이 새벽부터 밤까지 노동에 매달려 있었다.

그들은 배움의 기회를 얻지 못하고 있었다. 그 모습을 떠올릴 때마다
마음 한편이 불편했다.

'누군가는 이 아이들에게 공부할 길을 열어 주어야 하지 않을까?'

그 생각이 내 마음에 자리를 잡았다.

그래서 나는 어느 모임 자리에서 조심스럽지만 강한 마음으로 말했다.

"우리, 야학을 만들어 보지 않겠습니까?"

뜻을 같이한 대학생들이 하나둘 모였고, 교재를 만들고, 학생을 모집하고, 교실을 정리했다. 마침 성당에는 주일만 사용하는 빈 교리 교실들이 많았다.

준비로 정신없이 바쁘고 고단했지만 그 열정은 누구도 꺾지 못했다.

그렇게 서둘러 준비한 끝에 1974년 10월 3일, 우리는 드디어 야학의 첫 수업을 열었다.

그날이 정확한 개학일이었음을 지금도 또렷하게 기억한다. 그날 이후 야학은 내 대학 시절의 거의 전부가 되었다.

젊음의 열기와 무모함

당시 야학은 정말 손이 많이 갔다.

공단에서 학생을 모집하고, 등사기로 교재를 직접 만들고, 수업을 준비하고, 행사까지 기획했다. 젊고 의욕 넘치던 우리는 소풍, 체육대회, 학예회, 심지어 수학여행까지 진행했다.

지금 생각하면 무모하기 짝이 없지만 그때는 그저 뜨거운 마음 하나로 움직였다.

한번은 이런 일정도 있었다.

저녁 일곱 시에 성당에 모여 전철로 청량리까지 이동하고, 호남선 완행열차로 서대전까지 내려갔다. 통금 해제가 되기를 새벽까지 기다렸다가 첫차로 보은 속리산으로 이동했다.

속리산 관람, 문장대 등반, 다시 하산, 귀가. 무박 2일 일정이었다.

지금 생각하면 아찔하지만 그때 우리는 젊었고, 무모했고, 의욕이 너무나 넘쳤다.

당시 야학은 대학생회에서 전담했는데, 그때 함께했던 선후배들로는 조갑진, 이호성, 김미자, 조명숙 등이 있었다. 이듬해부터는 황구연, 김상수, 이병일, 안병대 등이 차례로 대학생회에 합류했다.

행사에는 비용이 들었다.

우리는 성당의 후원자들에게 도움을 청했다. 당시 본당 신부이던 강용운 신부님, 대한극장 사장님, 대동지업사 사장님, 일광약국과 수보당 약국 약사님들이 단골 후원자였다.

학교에서 쓰다 남은 출석부나 교과서를 구해 오기도 했지만 대부분의 교재는 등사기로 직접 만들었다. 등사기 잉크는 손톱 밑까지 시커멓게 배었고 아무리 씻어도 지워지지 않았다.

나중에서야 머리를 박박 감으면 지워진다는 걸 알았다.

집에서의 기억

집에서는 사촌 누나들이 "정신 나간 놈"이라며 나를 놀리곤 했다.

하지만 부모님은 아무 말씀도 하지 않으셨다. 오히려 명절이면 학생들이 세배하러 오는데, 어머니는 떡국을 끓여 대접하셨다.

그때 야학에서 배웠던 학생들 중에는 나중에 훌륭하게 성장한 이들도 많았다.

그 중 한 사람은 순천의 한 초등학교 교장이 되었는데, 우연히 연락이 닿아 내가 순천을 지나는 길에 그를 만나게 되었다.

그 친구는 "꼭 집으로 모시고 식사라도 대접하고 싶다"고 하며 나를 정성껏 초대했다.

그날 저녁상은 마치 친정아버지를 대하듯 한 음식상이었고, 음식 하나하나에 담긴 진심과 정성은 아직도 잊히지 않는다. 그 친구와 어머니가 끓여주신 떡국 이야기로 밤늦게까지 웃다가 헤어졌다.

그리고 종조부이신 신성우 신부님은 내가 야학을 한다는 이야기를 들으시고 무척 대견해하셨다. "좋은 일 한다"며 대학생들과 저녁이라도 먹으라며 몰래 용돈을 쥐여 주시던 그 손길은 지금도 내 마음을 뜨겁게 한다.

다시 마주한 50년의 세월

얼마 전, 다른 일로 그 성당에 들렀다.

이제는 야학 학생이 없어 노인들을 대상으로 한글, 컴퓨터 등을 가르치고 있다고 했다.

50년이 넘는 세월이 흐르는 동안 모습은 달라졌지만 그 야학이 아직도 그 자리에, 그 정신으로 남아 있다는 사실이 나를 묘하게 뭉클하게 만들었다. 까맣게 잊고 있던 시간이 그 순간 다시 또렷하게 되살아났다.

(2025. 11. 18.)

2부

교사로 산다는 것

학교를 떠나던 날

박문여고는 나의 첫 직장이었다.

어릴 적부터 부친은 정치나 사업은 절대 하지 말고 교사가 되라고 반복해서 말씀하셨다. 그 영향이었는지 나는 자연스럽게 교단에 섰고, 교직이 내 천직이라 믿으며 평생을 보냈다.

학생과 함께 고민하며 그들의 재능을 발견해 나가는 일은 언제나 보람이 있었고, 나와 잘 맞는 일이라고 생각했다. 특히 인문계 고등학교에서 고3 담임을 맡아 대부분의 방학을 반납하며 삼십여 년을 지냈다.

입시를 앞둔 아이들과 하루하루를 버티다 보면 시간이 어떻게 흘러가는지도 몰랐다. 그만큼 치열했고, 그만큼 보람도 큰 시기였다.

세월이 흐르자 학교에서는 배려를 해 주어 1학년 수업을 맡겼다. 고3에 비해 부담이 적어 조금은 여유가 생겼다.

그러던 어느 봄날, 1학년 7교시 수업이었다. 그 반에는 나와 인연이 깊은 학생이 있었다. 그 학생의 어머니는 내가 담임을 두 해 동안 맡았던 제자였고, 이모 또한 박문여고를 졸업했는데, 내게 화학을 배웠던 아이였다.

수업 중, 뒤쪽에서 한 학생이 얼굴을 책으로 가린 채 몰래 무엇인가를 하고 있었다.

학생들은 숨기면 교사가 모를 것이라 생각하지만, 교사는 작은 자세 하나만 달라져도 금세 알아차린다.

가까이 가 보니 그 학생은 입술 화장을 하느라 분주했다.

"지금 뭐 하는 거야?"

내가 조용히 묻자 학생은 잠시도 머뭇거리지 않고 말했다.

"선생님, 이 시간 끝나고 제물포역에서 남자 친구 만나기로 했어요."

그 짧은 대답에는 어떤 망설임도 없었다. 순간 마음이 조용히 내려앉았다.

'아, 시대가 바뀌었구나.'

학생들의 마음가짐도, 학교라는 공간의 분위기도 예전과는 다른 속도로 흘러가고 있었다. 시대의 변화는 잔잔한 물결처럼 드러나지 않게 다가오지만, 어느 지점을 넘어서면 흐름이 걷잡을 수 없도록 갑자기 빨라진다.

그날 저녁 나는 오래도록 생각에 잠겼고, 다음 날 아침 일찍 명예퇴직을 신청했다. 나의 역할은 여기까지라고.

그 학기에는 유난히 명퇴 신청자가 많았다.

평소 거의 없던 일이었지만, 아마 다른 학교들에서도 같은 변화를 느낀 모양이었다. 신청자가 많아 그 학기에는 선발되지 않았고, 결국 다음 학기에 명퇴가 받아들여졌다.

33년.

그렇게 나는 정든 학교를 떠났다.

(2020. 3.)

국비 연수생 1

1993년에 취임한 김영삼 대통령의 캐치프레이즈는 '세계화'였다. 대통령이 국정 목표를 정하면 모든 부처는 그 방향으로 사업을 전개하게 되는데, 당시 교육부에서는 첨단 과학 쪽으로 방향을 잡았다.

우선 영어로 수업받을 수 있는 과학 교사를 선발하여 선진국으로 연수를 보내 첨단 과학 문명을 배워오게 하여 첨단 문명을 동료 교사와 학생들이 공유하게 하자는 계획이었다.

교사 선발은 전국 시도에 골고루 배정하고, 자격은 경력 10~15년 사이의 과학 교사로 영어로 수업이 가능한 사람을 선발하는 것이었다.

난 그때까지 한 번도 해외에 나가 본 적이 없어(당시는 해외여행이 그렇게 어려웠다) 꼭 가고 싶은데 문제는 영어였다. 고민 끝에 옛 은사인 시교육청 인사담당관인 김실 선생님께 전화를 드렸다.

선생님의 말씀은 "제고 나온 네가 영어를 걱정하면 누가 뽑히겠냐?며 영어선생을 선발하는 것도 아닌데 과학 교사가 영어를 잘하면 얼마나 잘 하겠냐. 빨리 응시하라."였다.

그렇게 해서 시교육청 옆 중앙도서관에서 영어 시험을 치르게 되었는데 2명 모집에 150명 정도가 모였다. 시험은 많이 어렵지는 않았지만 경쟁률이 너무 높아 포기하고 잊고 있었는데 나중에 연락이 오기를 고등학교 1년 후배인 숭덕여고 박상대 선생과 내가 선발되었다고 한다.

남산에 있는 중앙정보부에서 2박3일 안보 교육을 받고, 두 반으로 나누어 한 반은 영국 캠브리지 대학으로, 한 반은 미국 UCLA로 연수를 떠나게 되었다.

나는 미국을 택했는데, 우리 반은 전국 각 시도별로 한 명씩 그리고 교육부에서 인솔자 한 명을 포함하여 20명으로 구성되었다. 그렇게 국비연수생으로 미국을 처음 가게 되었는데 연수는 그야말로 꿈같은 나날이었다.

숙소는 UCLA 안에 있는 기숙사로 1984년 LA 올림픽 때 선수촌으로 사용하던 건물인데 깨끗했고, 아침에 일어나면 아열대성 기후로 건조하여 이부자리가 뽀송뽀송했다. 식사는 교직원, 재학생 등과 함께 먹었는데 매끼 상상을 못할 정도로 훌륭했다. 수업은 오전 9시부터 3시간, 오후 1시부터 2시간으로 하루 5시간을 하며, 수요일 오후는 야외수업으로 학교와 관련된 곳들을 견학하고 금요일은 오전 수업만 하면 일과가 끝나도록 짜여 있었다.

그리고 주말이면 근처 그랜드캐니언이나 요세미티 국립공원 등지로 2박3일 코스의 여행을 다녔다. 여행 경비는 대학 측에 여행을 간다고 미리 말하면 학교에서 사용하는 식사비와 부대시설 사용료 등을 계산하여 사용하지 않은 만큼 거슬러 주는데, 그 돈이면 여행 중 맘껏 먹고도 돈이 남았다. 그만큼 한국 정부에서 넉넉하게 예산을 잡아 주었다.

주중에도 오후 3시면 모든 일과가 끝나고 자유시간인데, 일부 교사들은 예습과 복습으로 도서관에서 열심히 공부하는 사람들도 있었지만 나는 주로 테니스를 치면서 보냈다.

UCLA 안에는 약 30면 정도의 테니스 코트가 있었는데, 관리실에 예약을 하면 교직원이나 학생들뿐 아니라 주변에 사는 주민들도 누구나 자유롭게 사용할 수 있었다.

문제는 예약인데 예약은 2시간 단위로 받기 때문에 3시부터 10번 코트를 사용했다면 5시부터는 사전에 예약한 다른 코트를 이용해야 되었다.

예약은 기숙사에서 인터폰으로 해야 했는데 나는 불안하여 항상 직접 관리실에 가서 예약하였다. 관리인 아가씨는 올 필요 없이 인터폰으로 하면 된다고 친절하게 알려주지만 나는 그렇게 하겠다고 말하고는 다음 날도 관리실에 직접 가서 예약했다. 직접 만나면 손짓 발짓으로 대충 예약이 되는데 인터폰 예약은 너무 어려웠다. 시도를 하지 않은 것은 아닌데 막상 인터폰이 연결되면 무슨 말을 하는지 전혀 알아들을 수가 없었다.

외국 사람들과 테니스 게임이 끝나면 나는 늘 준비해 간 88서울올림픽 테니스 공인구인 낫소 공을 한 캔씩 선물했는데 그들은 뛸 듯이 좋아했던 기억이 난다.

당시 미국은 상상도 못할 만큼 발전해 있어 처음 접하는 선진 문화는 내가 받아들일 수 없을 만큼 갭이 컸다. 특히 눈에 띄는 것은 내가 귀국보고서에서도 언급하였지만

첫째, 모든 것들이 규격화되어 있었다. 나는 규격화가 곧 선진화라고 생각했다. 당시 우리나라는 병마개만 하더라도 모든 음료수 병이 다 달

랐는데 미국에서는 가정집에서 사용하던 가열 기구를 가져가면 국립공원 어디를 가도 가스관과 연결할 수 있었다. 나의 보고서 탓은 아니겠지만 요즘 우리나라도 많이 규격화되어 다행이다.

둘째, 미국의 모든 건물들은 주차장 시설이 넉넉했다. 우리나라는 아직 주차장 개념이 아예 없고 건폐율을 단 몇 %라도 손해 보지 않으려고 건물 면적을 최대한 늘리는데 당시 미국은 쇼핑몰 등 대형건물 옆에는 비슷한 크기의 주차 건물이 따로 있었다. 너무 신기했다.

셋째, 일선 학교를 방문하여 그들의 수업 모습을 보면 학생들의 실험기구는 10mL, 20mL 등으로 매우 작았다. 어떤 것은 5mL짜리도 있었다. 작은 실험기구 세트를 조그만 가방에 넣어 각자가 따로 가지고 다니는데 실험기구가 작다 보니 실험 시간이 절약되었다. 우리나라는 내가 학교를 그만둘 때까지도 별로 나아지지 않았는데, 실험실에는 실험기구가 보통 100mL, 250mL, 500mL 심지어는 1,000mL도 많다. 얼마나 불필요한 크기인가? 500mL 비커에 물을 데우려면 얼마나 많은 시간과 연료가 필요한가?

학교가 너무 보수적인지 '규격화'도 '주차시설'도 많이 개선되었지만 30여 년이 지난 지금도 실험기구는 별로 작아지지 않았다.

연수 중 가장 부러웠던 것 중 하나는 미국 여학생들의 매우 건강한 모습이었다. 여학생들이 자기 몸집만한 큰 배낭을 지고 온몸을 붉게 그슬려가며 여행하는 강인한 모습을 보면서 나는 여름 내내 수능 준비로 게슴츠레한 눈과 창백한 얼굴로 교실에서 꾸벅꾸벅 졸고 있을 우리 학교 학생들을 생각했고, 그들이 커서 경쟁할 국가 경쟁력을 생각하게 되었다.

뿐만 아니라 미국인들이 최선을 다하는 모습을 보면서 내 모습이 자꾸 작아졌다. 우리가 디즈니랜드를 견학한 날은 기온이 40도가 넘는 날씨였는데 퍼레이드를 리드하는 젊은 흑인 여자는 무엇이 그토록 즐거운지 땀을 비 오듯 쏟으면서도 목젖이 다 보이도록 크게 웃으면서 지나간다.

(2025. 8. 19.)

국비 연수생 2

해외 연수가 확정되자 나는 정신없이 바빠졌다. 학교에서 처리할 일도 많았지만, 무엇보다 가장 큰 걱정은 영어였다. 언어라는 게 하루아침에 느는 것도 아닌데, 남은 시간은 턱없이 부족했다.

다행히 내 옆자리에는 서울사대 영문과를 졸업한 고등학교 선배가 계셨다. 그분 덕분에 수시로 도움을 청할 수 있었다. 그분은 외국인과 직접 대화해 본 경험은 없으셨지만, 원서를 많이 읽어 고급 영어에 능통했고, 서양 사람들의 예의범절까지 자주 알려 주셨다. 게다가 혹시 필요할지 모른다며 자기소개서를 A4 반 장 분량으로 써 주셨는데, 그것이 훗날 큰 문제를 불러올 줄은 미처 몰랐다.

연수 개강식 말미에 자기소개 시간이 있었다. 대부분의 연수생들은 이름과 재직 중인 학교만 간단히 영어로 말하고 내려왔다. 이름이나 학교명이야 한국어든 영어든 그대로 발음하면 되는 것 아닌가. 분위기가 삭막해졌다. 그러다 내 차례가 되었다.

나는 한 달 넘게 달달 외운 선배의 자기소개서를 낭독했다. 오래돼서 세부 내용은 가물가물하지만, 대략 '이번 연수를 통해 미국 문화를 배우고 나아가 한·미 우호 증진에 보탬이 되고 싶다'는 식이었다.

내 소개가 끝나자, 관계자들이 우르르 몰려와 나를 포옹하며 영어가 훌륭하다고 칭찬했다. 그렇게 얼떨결에 연수 팀 반장을 맡게 되었는데, 그 순간부터 연수 내내 고생길이 열렸다. 무슨 일만 생기면 연수생들은 나를 불렀고, 나는 테니스 코트 예약도 잘 못하는 서툰 영어로 모든 연수생들의 문제까지 해결해야 했다.

다행히 당시 LA에는 고등학교 동창들이 몇 명 있었다. 안영국이는 UCLA 근처에서 병원을 운영했는데, 가끔 차를 몰고 와 연수생 몇 명과 함께 산타모니카 해변에 데려가곤 했다. 그는 20달러짜리 커다란 게를 한 마리씩 사주었는데, 그 크기가 워낙 커서 손으로는 도저히 자를 수 없었다. 그래서 식당에서 나무망치를 빌려 쪼개야 했는데, 망치 대여료가 2달러였고, 망치 값은 3달러였다. 나는 기념으로 망치를 하나 사서 귀국길에 가져왔는데, 결국 쓸 일이 없어 오랫동안 보관만 하다가 얼마 전에 버리고 말았다.

다른 친구는 주말에 무려 480km 떨어진 라스베이거스까지 우리를 데려가 주기도 했다.

라스베이거스!

처음엔 그 이름만 들어도 술, 카지노, 퇴폐… 그런 도시일 거라 여겼다.

그러나 눈앞에 펼쳐진 라스베이거스는 전혀 달랐다. MGM 그랜드, 시저스 팰리스, 베네시안, 벨라지오… 이름만으로도 압도적인 호텔들이 저마다 다른 개성과 화려한 쇼로 빛나고 있었다. 네모난 성냥갑 같은 건물만 떠올리던 내 상상은 단숨에 무너졌다. '아, 이것이 미국의 힘이구나.' 실감했다.

친구는 아낌없이 돈을 써서 고급 호텔을 잡아주었다. 교실만 한 큰 방에 들어서자마자 짐을 침대 위에 던져놓고는 곧장 거리로 나섰다. 눈부신 불빛과 끝없는 구경거리에 빠져 밤을 꼬박 새웠다. 그리고 이튿날 아침, 가방이 여전히 침대 위에 던져져 있는 걸 보고서야 웃음이 터졌다. 미국은, 적어도 내게 그곳은, 그런 나라였다.

어느 주일, 몇몇 연수생을 데리고 한인 교회에 간 적이 있었다. 교회에는 40~50km 떨어진 곳에서도 차를 몰고 사람들이 모였다. 주차장은 운동장만 했고, 미사 후에는 큰 솥에 밥을 지어 신자들에게 대접했다.

신자들은 대부분 노인이었는데, 점심을 먹고 친지들과 하루 종일 이야기꽃을 피우다가 저녁 무렵에야 흩어졌다. 미사가 끝나자 신부님이 "오늘 처음 오신 분은 손을 들어 보세요." 하셨다. 내가 손을 들자 앞으로 나오라 하며 자기소개를 하라고 하셨다. 또, 자기소개. 영어는 서툴지만 한국말은 자신 있으니, 당당히 소개했다. 세례명은 바오로(paul)이고, 현재 연수 중이고, 인천이 집이며, 고등학교 교사라고.

그랬더니 여기저기서 반갑다며 다가왔다. "나는 부천에 살다 왔소." "내 며느리가 인천 사람이에요." "옛날에 동인천에 가 본 적 있지요." … 그렇게 반가움의 인연이 이어졌다.

그중 한 신자는 20여 년 전 서울에서 살다 이민을 왔다며 자기 집에 초대했다. 그 다음 주, 몇몇 연수생과 함께 그 집을 찾아갔다. 그는 손수 김밥을 만들어 대접했다. 오랜만에 고향의 맛을 느끼며 즐겁게 웃었다. 얼마나 한국이 그리웠으면 그랬을까. 그런데 안타깝게도 그의 아들은 신학교에 다니다가 LA 폭동 당시 희생되었다고 했다. 그 말을 듣는데 가슴이 먹먹해졌다.

또 하루는 성업 중인 한인 식당에 간 적이 있었다. 주인과 이런저런 이야기를 나누다가 들은 일화가 아직도 기억에 남는다.

"처음 개업했을 땐 손님이 없어 울상이었지요. 그런데 어느 날 점잖은 손님 한 분이 오셨어요. 음식을 대접하고 계산을 받는데, 팁으로 1센트짜리 동전 하나를 내더군요. 너무 황당해서 쳐다봤더니 그 손님이 말하더군요.

'팁은 고마움의 표시인데, 당신 얼굴을 보니 1센트도 아깝습니다. 무슨 사정인지는 모르겠지만 그런 얼굴로 손님을 대하면 안 되지요.'

그날 이후 저는 손님을 대하는 태도를 완전히 바꿨습니다. 친절하다는 소문이 돌면서 식당은 점점 잘 되기 시작했지요."

정말 오래도록 가슴에 남은 만남들이었다.

(2025. 08. 20.)

배낭여행

2003 봄,

홍콩을 중심으로 번지기 시작한 사스는 전 세계를 덮었다. 국제선 비행기 가격은 반토막이 났고, 특히 홍콩 항공사인 캐세이퍼시픽(Cathay Pacific)의 항공권은 폭락에 가까운 가격으로 떨어졌다. 그 기회를 놓칠세라 젊은 교사들과 의기투합하여 아주 저렴한 유럽 배낭여행을 떠나게 되었다. 이름하여 'Waves of the Danube'.

여행은 늘 즐겁지만, 이번 여행은 특히 알찼다. 영어 선생이 예약과 통역을 맡고, 역사 선생이 유적지를 해설해 주었으며, 사회 선생이 각 지역의 사회·문화적 배경을 설명해 주었다. 비용은 적게 들었지만, 내용은 매우 '고품격 여행'이었다.

그 여행을 통해 우리는 헨리 8세가 폭군으로 불릴 만큼 많은 만행을 저질렀음에도 왜 여전히 영국인들의 사랑을 받는지 알게 되었다.

모차르트의 무덤이 없는 까닭도, 오스트리아 신년음악회의 단골 레퍼토리인 '라데츠키 행진곡'을 왜 이탈리아에서는 들을 수 없는지도 그때 비로소 이해하게 되었다.

런던에서

밤늦게 히드로(Heathrow) 공항에 도착한 우리는 기차를 타고 어렵게 민박집을 찾아갔다. 여섯 명 일행은 여자 셋, 남자 셋으로 나뉘어 방을 썼다. 긴장한 탓인지 쉽게 잠이 오지 않았다. 게다가 일행 중 한 명은 코를 유난히 심하게 골았다. 밤새 뒤척이다가 옆에 누운 남상보 선생에게 조심스레 물었다.

"남 선생, 자요?"

"자긴 어떻게 잡니까. 형님은 잠이 오세요?"

"우리 나갈까요? 런던 새벽을 달려봅시다."

그렇게 둘은 숙소를 나섰다.

새벽의 런던 거리는 공기가 상쾌했고 기분은 묘하게 고양되었다. 한참을 뛰다가 다시 숙소로 돌아가려는데, 그때부터 길이 조금씩 어긋나기 시작했다. 분명 익숙해 보이는 거리였지만, 방향을 잡으려 할수록 확신이 서지 않았다.

새벽 거리에는 사람들이 없지 않았다. 출근길을 서두르는 이들이 바삐 오갔지만, 누구에게도 쉽게 말을 걸 수 없었다. 모두 각자의 목적지를 향해 급히 움직이고 있었고, 그 속에서 나는 길을 잃은 채 멈춰 서 있는 사람이었다. 그래서 길을 잃었다는 사실보다, 어디로 가야 할지 묻기조차 어렵다는 점이 더 당황스러웠다.

어젯밤에 내린 역 이름만 떠올라도 해결될 문제였을 텐데, 머릿속에 남아 있는 것은 '…부르크'라는 어렴풋한 단어 하나뿐이었다.

시장 근처에서 우연히 만난 노인은 낡은 지도를 꺼내 현재 위치를 짚어주었다. 우리가 더듬거리며 내뱉던 '스테이션', '부르크'를 하나하나 되짚어가며 역 이름을 찾아주었다.

그 순간의 안도감과 감사함은 지금도 잊히지 않는다.

도버해협

영국에서의 며칠은 꿈만 같았다.

옥스퍼드와 케임브리지, 버킹엄궁, 대영박물관….

책으로만 만나던 이름들이 눈앞에 있었다.

그러나 프랑스로 이동하는 길은 낭만과는 거리가 멀었다. 야간버스는 만원이었고, 짐을 잔뜩 든 승객들로 빼곡했다. 옆좌석 흑인 여성은 체구가 커서 좌석의 3분의 2를 차지했고 나는 몸을 비스듬히 틀어 앉아 있어야 했다.

더구나 해협을 건너는 구간은 지하로 되어 있어 창문을 열 수도 없었다. 그 답답함은 시간이 지날수록 더해졌다. 마침내 프랑스 땅에 닿았을 때는 바람이 아니라 산소가 들어오는 느낌이었다.

그제야 비로소 '배낭여행이란 이런 것이구나.' 하고 실감했다.

몽마르트르 언덕

프랑스에서는 몽마르트르 언덕 근처 민박에 묵었다. 샤워실은 돌아서기가 불편할 만큼 좁았지만 다행히 인터넷이 가능했다. 학생들의 수시 합격 여부를 확인할 수 있어 더없이 고마웠다. 더운 여름철이라 늘 빨래가 고민이었다.

하루는 관광을 일찍 마치고 빨래방을 찾아갔는데, 그곳의 할머니는 우리를 탐탁지 않은 눈빛으로 바라보았다. 세탁기 조작이 어려워 도움을 청했지만 말이 통하지 않았고, 도움을 줄 생각도 없어 보였다. 겨우 작동시켰는데 이번에는 문 닫을 시간이 되었다며 우리를 내보냈다. 세탁비만 내고 젖은 빨래를 들고 나와 결국 민박집에서 밤늦게 손빨래를 해야 했다.

또 하루는 아침에 언덕 주변 빵집의 구수한 냄새를 맡고 '오늘 저녁은 이 빵으로 먹자!'라고 의견을 모았다. 그러나 이곳저곳 관광을 마치고 돌아오니, 빵집은 물론 주변 가게들의 문이 모두 닫혀 있었다. 그날 저녁 우리는 꼼짝없이 굶었다.

시간 개념이 철저한 나라에서의 작은 교훈이었다.

작지만 큰 나라 오스트리아

뮌헨에서 비엔나까지는 기차로 이동했다. 국경을 기차로 넘는 경험이 신기했다. 삼면이 바다고, 북쪽은 무시무시한 철조망이 국경인 나라에서 자란 나는 기차표 하나로 언어가 달라지고 건물 색이 달라지는 장면은 새로웠다.

비엔나!

낙엽마저 $\frac{3}{4}$박자로 구른다는 음악의 도시.

비엔나 중앙묘지에서는 모차르트의 동상을 중심으로 베토벤, 슈베르트, 브람스, 요한 슈트라우스 2세가 한자리에 모여 있었다. 시대를 빛낸 음악가들이 한 공간에 누워 있다는 사실 앞에서 숙연해졌다.

저녁에는 뮤지컬을 관람했다. 피곤해 중간에 졸기도 했지만, 오케스트라가 연주를 시작하던 순간의 울림은 오래 기억에 남았다.

비엔나 시내는 어디를 걸어도 음악의 흔적이 묻어났다. 마차가 지나갈 때마다 경쾌한 발굽 소리가 울려 퍼졌고, 오래된 건물의 벽에 부딪혀 되돌아왔다.

도심에는 기념품 가게마다 모차르트 초콜릿, 조그만 악보 노트, 바이올린 모양 열쇠고리가 진열되어 있었다.

잘츠부르크에서 본 모차르트 생가는 아담하고 소박했지만, 음악사 속의 배경이 현실로 나타난 듯했다.

레만 호숫가

내가 유럽을 처음 동경하게 된 계기는 이어령 교수의 『바람이 불어오는 곳』이라는 책이었다. 고등학생 시절 그 책을 여러 번 읽으며, 언젠가는 꼭 유럽을 가보겠다고 마음먹었는데, 특히 오래 기억에 남는 대목이 있었다.

바로 '나는 울었노라, 레만 호숫가에서'라는 글이었다.

이어령 교수는 대학 시절 이양하 교수에게서 T.S. 엘리엇의 『황무지』를 배웠다고 하는데, 당시 이양하 교수는 시험문제를 어렵게 출제하기로 유명했다고 한다.

어렵게 시험을 치르고 난 뒤, 문득 레만 호수를 떠올리며 울었다고 썼다. 그 후 가수 패티 김이 '레만 호숫가에서 울었노라'라는 노래를 불렀다는 사실까지 더해져, 나는 그 호수를 언젠가는 꼭 보고 싶은 마음이 더 강해졌다.

레만 호수는 그 기대를 저버리지 않았다. 안데르센 동상이 자리한 호숫가는 물빛이 유난히 맑았고, 도시 풍경도 정갈하게 정돈되어 있었다.

제네바에서 여유롭게 호숫가를 걸으며 감탄을 거듭하다가 밤 기차에 올라 이탈리아로 향했다. 그런데 그날 밤, 나 역시 울고 싶어지는 일을 겪게 되었다.

우리가 탄 야간열차는 침대칸이었는데, 공간은 일반 좌석 두 줄을 마주 놓은 정도로 좁았다. 여섯 명이 누울 수 있도록 설계되어 있었는데, 두 사람은 양쪽 좌석에, 두 사람은 등받이를 올려 만든 간이침대에, 나머지 두 사람은 선반에 누워야 했다. 한여름이라 기차 전체가 데워져 있었고, 에어컨은 물론 선풍기도 없었다.

도저히 잠을 청할 수 없어 나는 다른 칸으로 옮겼는데, 그곳은 우리나라 지하철처럼 긴 의자가 놓여 있고, 에어컨도 시원하게 잘 나오고 있었다. 승객도 거의 없어 조용히 앉아 있다가 그대로 잠이 들어버렸다.

얼마나 잤을까. 깨어 보니 주변에 아무도 없었다. 급히 일행이 있는 칸으로 돌아가려 했지만 문은 이미 잠겨 있었다. 어찌할 바를 몰라 기차에서 내려 옆 칸으로 이동하려던 순간, 경찰이 나를 막아섰다. 알고보니 내가 타고 있던 열차는 스위스 국경까지만 운행하는 열차였고, 우리 일행이 탄 침대칸은 그대로 이탈리아로 넘어가는 열차였던 것이다. 국경을 넘는 기차와 국경역에서 정지하는 열차가 현장에서 분리되고 있었다.

경찰은 표와 신분증을 요구했지만, 나는 반바지 차림에 여권도 갖고 있지 않았다. 경찰은 이탈리아 말인지 스위스 말인지 계속 질문했고, 나는 설명할 길이 없었다. 그 순간의 난감함과 막막함은 지금도 잊히지 않는다.

아마 그 순간 나는 마음속으로 이렇게 되뇌었을 것이다.

'나도 울었노라, 레만 호숫가에서.'

테르미니역, 로마의 밤

유럽에서의 마지막 밤이었다.

20여 일의 여정을 마치고 로마 테르미니역 근처 작은 카페에 자리를 잡았다.

그동안의 일정이 파노라마처럼 스쳐 지나가는 시간이었다.

그곳에서는 와인을 병으로 주문하기가 쉽지 않았다. 잔으로만 판매한다고 했지만, 결국 웨이터는 한 병을 내어놓았다. 그리고 그 병은 여섯 잔을 채우기도 전에 바닥을 드러냈다.

우리는 다시 웨이터를 불렀고, "one more, please"가 그날의 인사말이 되어버렸다.

병이 하나 비워질 때마다 다시 한 병, 그렇게 대여섯 번쯤 외쳤을 것이다. 잔에 와인이 채워질 때마다 대화는 조금씩 느려지고 그동안의 일정과 장면들이 차례로 올라왔다.

백발에 검정 싱글을 차려입은 웨이터는 어느새 우리 테이블을 기억했고, 우리에게는 마치 오랜 단골을 대하듯 정중했다. 잘 차려입은 그의 모습은 로마의 품격을 대신하는 듯했다.

그러는 사이 거리의 악사들이 우리 곁으로 다가왔다.

웨이터에게 쫓겨 다니는 그들이었지만 우리가 괜찮다고 손짓하자 악사들은 마치 오래 기다렸다는 듯 우리가 잘 알고 있는 가곡을 풀어 놓았다.

〈돌아오라 소렌토여〉, 〈오 솔레 미오〉, 〈푸니쿨리 푸니쿨라〉

베네치아의 곤돌라 사공들도 노를 저으며 팁으로 한두 곡씩 가곡을 부르지만 오늘 만난 이들은 달랐다.

정확한 화음, 손끝에서 번지는 선율, 차려입은 의상까지 그리고 진심으로 울림을 주는 목소리. 그들의 노래는 단순한 유혹이 아니라 한밤의 풍경을 완성시키는 음악이었다.

문득 생각했다.

이들이 정말 음악을 사랑해서 노래하는 것인지, 아니면 오늘의 생계를 위해 목소리를 내는 것인지. 하지만 그건 중요하지 않았다.

그 순간 우리는 모두 음악에 기대어 있었다.

로마의 밤은 깊어가고, 와인은 여전히 "one more"로 이어졌고 대화도, 웃음도, 여행의 추억도 식을 줄 몰랐다. 와인 잔 속에 남은 붉은 색은 지난날의 여정과 우리의 낭만을 함께 익혀 갔다.

20여 일의 여정은 순간순간 막막했지만 지금 돌이켜보건, 그조차 유럽 여행이 내게 준 선물이었다.

(2025. 12. 8.)

삶이 그대들을 속일지라도

고3 학생들은 모의고사를 참 많이 치른다. 거의 매달 한 번씩 치르지만, 수능이 다가올수록 시험은 더욱 잦아진다.

시험을 치르고 나면 많은 학생들이 좌절을 경험한다.

중요한 시험일수록 실망의 깊이도 그만큼 커진다.

교실에는 시험지 냄새와 함께 묘한 침묵이 흐른다.

문제를 풀 때의 긴장도, 종이 울리던 순간의 안도감도 사라진 뒤다.

어떤 학생은 고개를 떨군 채 말이 없고, 어떤 학생은 애써 태연한 표정을 지어 보이지만 그 얼굴에 묻은 실망까지 숨기지는 못한다.

이런 학생들을 바라보는 일은 교사로서 참 힘들다. 하지만 더 안타까운 것은 정작 그 순간에 건네 줄 위로의 말이 쉽게 떠오르지 않는다는 점이다. 정말 열심히 준비했는데 말이다.

이런 날이면 나는 빠짐없이 알렉산드르 세르게예비치 푸시킨의 시를 읽어 주곤 했다.

시험 이야기도, 성적 이야기도 잠시 접어 두고 칠판 앞에 서서 이 짧은 시를 천천히 읽는다. 학생들은 처음에는 멀뚱히 듣다가 몇 번 반복되면 어느새 한 줄쯤은 따라 중얼거린다.

일 년을 함께 생활하다 보면 좌절하는 일이 어디 한두 번이겠는가.

그래서 우리 반 출신들은 이 시를 거의 암송하다시피 한다. 비록 앞의 몇 구절만이라도.

삶이 그대를 속일지라도
슬퍼하거나 노여워하지 말라
슬픔의 날 참고 견디면
기쁨의 날 반드시 오리니
마음은 미래에 살고
현재는 언제나 슬픈 법
모든 것은 순간에 지나가고
지나간 것은 다시 그리워지나니

그때는 이 시가 시험을 위한 위로라고만 생각했을 것이다. 하지만 시간이 지나고 보면, 이 시는 인생의 어느 순간에나 다시 꺼내 읽게 되는 말이 된다.

몇 해 전, 우리 반 출신 가운데 러시아로 유학을 갔던 한 학생이 나를 찾아왔다.

반가운 마음으로 이런저런 이야기를 나누던 중, 그 학생은 선물이라며 이 푸시킨의 시를 러시아어로 암송해 주었다.

나는 러시아어를 전혀 모르지만, 그 순간 그 자리에 함께 있었던 학생들의 얼굴을 바라보며 "모든 것은 순간에 지나가고, 지나간 것은 다시 그리워진다."는 푸시킨의 말이 예언처럼 다가왔다. 우리는 그렇게 웃으며 그 시간을 함께 나누었다.

Если жизнь тебя обманет,
Не печалься, не сердись!
В день уныния смирись:
День веселья, верь, настанет.

Сердце в будущем живет;
Настоящее уныло:
Все мгновенно, все пройдет;
Что пройдет, то будет мило.

(2024. 10.)

술에 대한 단상斷想들

술 마시는 사람들

살다 보면 많은 사람을 만난다. 내가 필요해서 만나기도 하고, 상대가 나를 필요로 해서 만나기도 한다.

아침에 직원이 와서 "오늘은 누구누구를 만나셔야겠습니다." 하면 내가 가장 먼저 묻는 말은 "그 사람 술을 잘 마시는가?"이다.

직원이 "그 사람은 술을 전혀 못 마십니다."라고 대답하면, 나는 하루 종일 불안하다. 만나서 무엇을 먹으며 무슨 이야기를 나눌지, 혹시 성격이 까다롭지는 않을지 걱정된다.

반대로 "그 사람은 술고래입니다."라는 대답이 돌아오면 마음이 한결 편해진다. 어떤 자리든 두렵지 않다.

그냥 만나 한 잔, 두 잔 기울이다 보면 꼬였던 일도 자연스레 풀릴 것 같은 예감이 든다. 그리고 그 예감은 지금까지 거의 틀린 적이 없다.

One more

동료 교사들과 유럽 배낭여행을 하면서 마지막 코스토 로마를 잡았다. 숙소는 바티칸 시티 인근 구 시가지에 마련했다.

구 시가지의 숙소는 시설은 다소 불편하지만 접근성이 좋고 옛 정취를 즐기기에도 더없이 좋다. 숙소 근처에는 노천카페도 잘 발달되어 있었다.

저녁 관람을 끝내고 노천카페에서 와인을 한잔하려 자리를 잡았다. 백발에 검은 정복 차림의 웨이터가 정중히 다가와 주문을 받았는데, 도무지 내가 말하는 "One bottle"을 알아듣지 못했다.

큰 잔이냐, 작은 잔이냐 묻기만 하고 엉뚱한 소리만 한다. 손짓 발짓 다 동원해 겨우 주문했는데, 여섯 명이 한 잔씩 하니 10분도 안 돼 병이 바닥났다.

다시 웨이터를 불러 이번엔 "One more"라고 하니 그제야 쉽게 알아듣는다. 그날 저녁 우리는 "One more"를 대여섯 번은 외쳤던 것 같다.

그때부터 웨이터 태도가 완전히 달라졌다. 우리를 VIP처럼 대접하고, 거리 악사들이 다가오면 쫓아내고, 우리가 원하면 오히려 불러 세워 신청곡을 받아 부르게 했다.

헤어질 무렵엔 "언제 로마를 떠나느냐" 묻고, 내일도 오면 잘 모시겠다고 정중히 인사했다.

마침 바티칸 시티에서 2박을 하게 되어 다음 날도 갔는데, 이번에는 "One bottle"이나 "One more"도 전혀 불편 없이 아주 잘 알아들었다.

이탈리아의 대폿집

흔히 '대폿집'이라 하면 우리나라에만 있는 줄 알지만, 사실 요즘은 우리나라에서도 찾아보기 어렵다. 대폿집은 서민들을 위해 김치 같은 간단한 기본 안주만 제공하거나, 아예 안주 없이 큰 잔에 막걸리나 소주를 잔으로 팔던 곳을 말한다.

이탈리아 여행 중 아주 흥미로운 광경을 본 적이 있다. 어느 음식점에서 저녁을 먹고 있는데, 거지 차림의 노숙자 같은 사람이 들어왔다. 그는 아무 말 없이 카운터로 가더니, 우리나라 500원짜리와 비슷한 백동화를 카운터에 내려놓았다.

그러자 주인은 말없이 큰 오크 통에서 레드와인을 따라 음료수 잔에 가득 담아 건넸다. 노숙자는 잔을 받아 단숨에 비우고 아무 말 없이 돌아섰다.

처음부터 끝까지 둘 사이에는 한마디 대화도 없었다.

'서양에서도 와인을 저렇게 마시는구나.'

그 장면은 시간이 한참 흘렀는데도 여전히 잊히지 않는다.

물이 얼굴을 붉힌 순간

'The water met its master and blushed.'

영국 낭만주의의 대표 시인 바이런(George Gordon Byron, 1788~1824)이 남겼다고 전해지는 문장이다.

그가 케임브리지 대학에 재학 중이던 시절, 2학년 종교철학 기말고사에서 이런 문제가 출제되었다고 한다.

'성경에 나오는 가나의 혼인잔치에 대하여 영성적으로 논하시오.'

대부분의 학생들은 장황한 논문을 쓰듯 답안을 적었지만, 바이런은 시험 시간 내내 고심하다가 마지막 순간에 단 한 줄만 남겼다.

'The water met its master and blushed.'(물이 주인을 만나 얼굴을 붉혔다.)

이를 본 교수는 큰 충격을 받았고, 전례 없는 만점을 부여했다. 출제 의도를 이보다 더 함축적으로 표현할 수 없었기 때문이다. 짧지만 강렬한 한 문장이 긴 설교보다 더 깊은 울림을 남긴 것이다.

선술집의 교직원 회의

1980년대, 내가 박문여고에 근무할 때는 신용카드가 없던 시절이었다. 특별한 약속이 없어도 선생님들은 퇴근 후 학교 앞 선술집에 모였다. 단골 안건은 교장·교감에 대한 성토였으며, 때때로는 교육에 관한 진지한 대화도 오갔다.

흥미로운 것은 술값 계산 방식이었다. 주인은 장부에 '매상액'과 '참석자 명단'만 기록했다. 한 달이 지나면 총무가 장부를 가져다가 매일매일의 총매상을 참석 인원수로 나눠 정산했다. 월급날이 되면 주인은 특별히 푸짐한 안주를 내며 선생님들을 대접했는데, 그날의 비용은 모두 주인의 몫이었다.

총무는 대개 매상 1위가 맡았는데, 나는 3, 4위까지는 가 보았지만 그 이상을 가지 못해 총무를 맡은 적은 없었다. 요즘 젊은이들이 '각자 계산'을 당연하게 여기지만, 불과 30~40년 전만 해도 이렇게 함께 나누며 살았다. 그 시절의 풍경은 지금 생각해도 퍽 정겹다.

소외된 첫 술자리

나는 술자리에 앉아도 상대에게 억지로 술을 권하지 않는다. 요즘은 술을 아예 마시지 않는 이들도 많고, 억지 권유가 실례가 될 수 있기 때문이다.

술 권하는 문화와 관련하여 나는 슬픈 기억을 하나 가지고 있다. 지금으로부터 약 45년 전, 박문여고 첫 부임하던 날이었다. 당시엔 특별한 약속이 없어도 선생님들이 퇴근 후 학교 앞 선술집에 모여 한 잔씩 하는 것이 일상이었다. 나 역시 선배들을 따라갔는데, 그 자리에서 한 선배가 물었다.

"신 선생은 술 좀 하시나?"

사실 가끔은 마셨지만 초면이라 쑥스러워 "술을 잘 못합니다"라고 대답했다. 그날 밤, 선배들은 늦게까지 흥겹게 술을 나누었지만, 내게는 끝내 한 번도 권하지 않았다. 결국 나는 끝까지 술 한 잔 들지 못한 채 집으로 돌아왔다.

밤 늦도록 남들이 맛있게 마시는 모습을 바라보다가 홀로 잔을 채우지 못한 그 밤은, 지금도 어딘가 쓸쓸하게 남아 있다. 그런 기억 때문은 아니겠지만 나는 이후로도 누구에게 술을 억지로 권하지는 않는다.

술맛 모르는 애주가

나는 술을 자주 마시는 편이지만, 솔직히 말해 술을 좋아하는 사람은 아니다.

정말 술을 좋아한다면 집에 있는 고급술이 남아 있겠는가? 몇 년이 지나도 술병이 그대로인 경우가 허다하다. 집에서 마신다 해도, 잔디를 깎거나 다른 일로 땀을 많이 흘린 뒤 맥주 한 캔 정도가 전부다.

그럼에도 술자리를 자주 갖는 이유는, 그 자리가 주는 분위기를 좋아하기 때문이다.

화롯가에 뜻이 맞는 사람들이 옹기종기 둘러앉아 옛이야기도 하고, 살아가는 이야기도 두런두런 나누며(노변정담 爐邊情談) 기울이는 술잔만큼 정겨운 게 또 있을까.

사실 나는 술맛도 모른다. 어떤 이는 막걸리만, 어떤 이는 소주만, 또 어떤 이는 맥주만 고집한다. 독한 소주만 찾는 사람이 있는가 하면, 청하만 마시는 이도 있다. 그러나 나는 술맛을 잘 모르니 막걸리도, 소주도, 맥주도, 심지어 섞어 마셔도 괜찮다. 와인이나 고급 위스키라면 더욱 반갑다. 특히 안주가 나오기 전, 첫잔을 들이켤 때가 가장 좋다.

일전에 중국 여행에서는 중국산 백주를 많이 마셨는데, 그것 또한 괜찮았다. 결국 나는 술맛을 따지지 않는다. 다만 권하는 대로, 함께하는 사람들과 분위기에 이끌려 마실 뿐이다.

(2025. 10. 10.)

추억의 노포들

술을 즐기는 사람이라 해서 여러 술집을 다니는 것은 아니다. 오히려 자주 찾는 곳은 몇 군데로 정해져 있다.

나 또한 늘 발길이 향하던 단골집들이 있었다. 일찍이 문을 닫고 사라진 동인천 참외전 거리의 한송집. 신흥동의 토박이집. 게물포의 은방울집. 간석동의 토담집. 주안의 소주방. 연안부두의 청하식당. 그리고 신포동에 가면 가끔 들르던 대전집, 다복집, 염염집 등이 있었다.

세월이 흐르며 대부분 문을 닫았고, 더러는 지금까지 같은 장소에서 영업을 이어오고 있지만, 이 집들마저도 예전의 분위기와 메뉴를 그대로 간직하고 있다고 말하기는 어렵다.

간판은 남아 있어도, 그 안에 흐르던 시간의 결은 이미 많이 달라졌다.

그런데 사실, 내가 가장 아끼던 술집은 따로 있었다. 신포시장에서 노점으로 시작해 나중에야 작은 점포를 얻은 '돼지내' 집이다.

나는 대학 시절, 아직 점포를 얻기 전 노점이던 때부터 그 집을 드나들었다. 아주머니는 생선을 팔며 손님이 원하면 회를 떠 즈셨지만, 당연히 술을 취급하지 않았다. 그래서 우리는 인근 슈퍼에서 술을 사 와 곁들였다. 식탁도 변변치 않아 아주머니가 점심을 드시던 둥근 쟁반을 내어 주셨고, 우리는 그 쟁반을 가운데 두고 둘러앉아 회를 안주 삼아 술잔을 기울이곤 했다.

가게가 점포를 얻은 뒤에는 훨씬 편해졌다. 비좁지만 지붕이 있었고, 비 오는 날에도 술을 마실 수 있었다. 노점 시절의 불편함이 사라지자 괜히 한 시대가 끝난 것 같아 아쉽기도 했다.

그러던 어느 날 갑자기 학교로 전화 한 통이 걸려 왔다.

"이번 토요일에 가게에 한 번 와주실 수 있겠어요?"

무슨 일인지 묻자 아주머니는 조심스레 말했다.

"이제 나이가 많아 가게를 그만하려고 해요. 그동안 단골로 자주 와주셨으니, 마지막으로 점심이라도 대접하고 싶어서요."

그날 나는 약속한 시간에 가게를 찾았다. 아주머니는 평소보다 더 정성스럽게 음식을 차려 주셨다. 우리는 술도 조금 곁들였고, 별다른 말 없이 오래 앉아 있었다. 이별을 앞둔 자리에서 굳이 많은 말을 할 필요는 없었다. 그렇게 그 집도 세월의 뒤편으로 사라졌다.

일전에 신포시장을 지나다 유심히 쳐다보니, 그 집은 젊은 사장이 김을 구워 팔고 있었다. 쟁반 위를 오가던 술잔 대신, 지금은 김 냄새가 그 자리를 채우고 있다.

술집은 사라져도, 그곳에서 나눈 시간은 쉽게 지워지지 않는다. 아마도 내가 술을 마시는 이유 중 하나는 이런 풍경들을 마음속에서 다시 만나기 위해서인지도 모르겠다.

(2025. 12. 21.)

신당동 성당

　지난 주말, 서울 신당동 성당을 다녀왔다. 신당동 성당은 40여 년 전에 처음 갔었고, 이번이 두 번째이다. 첫 번째는 내 친구 조희성 선생의 결혼식이 있어 갔었고, 이번에는 그의 장례 미사에 참석차 갔다.

　신당동 성당은 장충체육관 근처, 서울의 대표적인 구도심에 있다. 서울에서도 가장 오래된 성당 중 하나로, 초창기에는 유명한 성직자들도 많이 배출한 성당이다. 성당 주위 거리는 부자촌답게 깨끗하게 잘 정돈되어 있었으며 주변에는 큰 저택들이 많았다. 특히 성당 바로 앞 저택은 입구부터 희귀한 붉은색 반송이 단정하게 가꾸어져 있어 인상적이었다. 나중에 조 선생에게 들으니, 그 집이 삼성그룹 창업자 이 아무개의 거처라고 했다.

　내 친구 조희성 선생은 살인 진드기에 물린 후 채 10일도 안 되어 운명하였다. 기가 막히고 어이없다. 멀쩡하던 사람이, 그것도 기골이 장대하고 그렇게 튼튼하던 조 선생이 뱀도 아니고 길이가 고작 3㎜밖에 안 되는 진드기에 물려 운명하다니?

　정확히 말하면 3㎜ 정도의 진드기에 물려 죽은 것도 아니고, 진드기에 기생하던 눈에 보이지도 않는 바이러스에 감염되어 운명하였다고 한다.

살인 진드기에 물리면 약 일주일의 잠복기를 거친 후 발열이 시작되는데, 일단 발열이 시작되면 바이러스가 장기의 곳곳을 공격하기 때문에 이겨내기 어렵다고 한다. 그나마 치료 확률을 높이려면 잠복기 동안 적절한 조치를 취해야 하는데, 조 선생은 잠복기는 물론 운명하기 2~3일 전까지도 진드기에 물렸다는 확신이 없었고, 다만 의사로부터 '진드기에 물린 증상(중증열성혈소판감소증후군)과 유사하다'는 설명만 듣고 있었다고 한다. 정말이지 어이없다.

조 선생은 내가 박문여고에 입사하기 2~3년 전부터 그곳에서 근무했고, 내가 명퇴를 한 후 1년을 더 근무했으니 나의 박문여고 33년을 온전히 함께한 친구다.

학교생활도 급식이 싫다고 늘 도시락을 가져와 내 방(화학실험실)에서 나와 같이 먹었다. 식성이 좋아 다른 사람의 1.5배는 먹었던 타고난 건강 체질이었고, 교직원 체육대회에서는 유일하게 홈런을 날릴 수 있는 힘을 가지고 있었다. 젊었을 때는 성가대에서 활동했다고 하는데, 노래도 잘 불렀지만 교내 합창대회에서는 늘 조 선생 반이 입상권에 들곤 하였다. 나는 33년을 근무하면서 우리 반은 한 번도 입상권에 들지 못했는데, 그래서 더욱 부러웠다.

나와는 술도 참 많이 마신 친구였다. 아마 나와 술을 함께한 많은 친구들 중에서도 조 선생과 마신 술이 가장 많을 것이다. 그렇지만 장충동에서 다니면서도 학교에는 항상 제일 먼저 출근하던, 아주 부지런한 사람이었다. 학교를 그만둔 후에도 가끔 만나 점심도 먹고 술도 마시던 가까운 친구였다.

이번에도 죽기 며칠 전 내가 전화를 해서 "다음 주 박둔여고가 방학식을 하니, 젊은 선생들 몇 명 불러다가 소주 한잔하자"고 했더니 좋다고는 했지만 목소리에 힘이 없었다. 그래서 내가 "어디 아프냐?" 하고 물었더니, 몸이 좀 안 좋다고 했다. 근무 중이라 자세한 이야기는 못 하고 "그럼 다음 주 목요일(17일)에 만나서 이야기하자"고 하고 전화를 끊었는데, 그것이 그와의 마지막 대화가 되었다. 조 선생은 그날의 약속을 지키지 못하고, 약속한 당일 아침 하늘나라로 먼 여행을 떠났다.

대부분 그렇듯 사람이 비명(非命)에 가면 빈소도 쓸쓸하기 마련이다. 박문여고 선생들과 이미 약속이 되어 있었던 터라 세찬 빗줄기를 헤치고 어렵게 빈소를 찾았더니, 빈소를 지키는 상주나 조문객이나 모두 비통할 뿐이었다. 조 선생은 딸만 둘을 두었는데, 한 명은 결혼했고 한 명은 아직 미혼이다. 결혼한 큰딸의 남편은 중남미 엘살바도르 사람으로 한국과는 별 인연이 없는 사람이었다. 빈소라고 해도 외국인 사위가 유일한 남자이고, 미망인과 딸 둘이 지키고 있으니 오죽하겠는가. 조문객도 대부분 여자들이었다.

40여 년 전 신당동 성당은 날씨도 화창했고, 결혼식을 축하하듯 동네가 온통 꽃으로 가득했다. 하객들도 대부분 젊은이들로 밝은 얼굴에 화기애애했는데, 이번 장례 미사가 진행되는 동안은 내내 굵은 빗줄기만 주룩주룩 내렸다. 조문객도 대부분 늙은이들이라 모두가 침통한 표정이었다. 고별사를 하는 신부님도 조 선생의 친구라고 했는데, 늙어서 그런지 슬퍼서 그런지 발음이 부정확하여 전달이 잘 되지 않았다. 조문객 중에는 더러 오랜만에 반가운 얼굴도 있었지만 쉽게 다가가 인사도 제대로 못 하고 그냥 서로 목례만 했다.

다만 40여 년 동안 꾸준히 자라난 이 아무개의 집 반송만이, 우람하게 주인 떠난 고택을 묵묵히 지키고 있었다.

(2025. 7. 21.)

가장 아름다운 삶

1980년 8월, 나는 박문여자고등학교에 첫발을 내디뎠다. 그리고 2014년 2월까지 무려 서른 해 넘는 세월을 그곳에서, 가장 빛나는 나이의 학생들과 함께 살아냈다. 그 세월을 떠올리면, 나 스스로 가장 행복한 삶을 살았다고 망설임 없이 말할 수 있다.

부임 당시 박문여고는 그리 크지 않은 학교였다. 학년당 7개 반, 그중 3개는 상과반이었고 인문계는 4개 반뿐이었던 작은 학교. 그러나 노틀담수녀회가 운영을 맡고 현대식 건물이 들어서면서 학교는 새로운 도약을 준비하고 있었다. 고교 평준화가 시행되던 시기라 학급 수가 빠르게 늘었고, 그 흐름 속에서 나도 운명처럼 박문여고에 오게 되었다.

첫 수업 날을 아직도 잊지 못한다. 단정한 단발머리, 풀 먹인 교복 칼라, 60명이 넘는 학생들이 카드섹션을 하듯 반듯하게 앉아 나를 바라보던 그 눈빛. 교사로 살아오며 받은 어떤 환대보다 순수하고 빛나던 순간이었다. 내 인생이 그 눈빛 속에서 새롭게 열렸다고 해도 과언이 아니다.

함께 일하던 선생님들도 열정으로 가득했다. 사회에 첫발을 내디디면서 교단을 선택한 젊은 선생님들이었기에 의욕과 뜨거움이 넘쳐났다. 나도 뒤처지지 않으려고 늘 분주히 뛰던 시절이었다. 실험수업 환경이 미흡하던 시대였지만, 학생 전원에게 실험가운을 마련해 문교부장관을 모시고 공개수업을 치른 일도 있었고, 내 차로 김남주 학생을 태우고 인하대를 오가며 지도하여 전국대회에서 동상을 수상한 기쁨도 있었다. 그때 함께 지도해 주셨던 이본수 교수는 훗날 인하대 총장이 되었다.

첫 고3 담임을 맡았던 85학번 아이들의 진학 결과는 지금 생각해도 놀라울 만큼 빛났다. 서울대·연세대·고려대·서강대 등 여러 명문대에 합격했고, 지금도 모교 교사·대학교수·국방부 고위 간부로 활약하는 제자들을 보면 그 시절의 열정이 헛되지 않았음을 느낀다.

세월이 흘러 성인이 된 그 아이들이 지금도 5월이면 내 집에 모여 고기를 굽고 수다를 떨다 간다. 신랑들이 데리러 와야 헤어질 정도로 시끄럽고도 정겨운 자리였다.

어느 해에는 한 제자가 내 앞에서 자신의 삶을 두고 "파란만장했다"고 털어놓으며 끝내 눈물을 보였다. 아직 젊은 나이에 그런 말을 할 만큼, 그날의 자리는 서로에게 그만큼 허심탄회한 시간이었고, 그 고백에 주변에 있던 이들 또한 함께 눈시울을 붉혔다.

나 역시 마음이 울컥했지만, 교사라는 이름 앞에서 차마 눈물을 드러낼 수는 없어 조용히 속으로 삼킬 수밖에 없었다.

그 아이들과 가을 소풍에서 찍은 사진이 지금도 내 방 한쪽에 걸려 있다.

언젠가 학교에 적당한 자리가 생긴다면, 그 사진을 그곳에 걸고 싶다.

그 안에는 아이들의 웃음과 함께, 교사로 살았던 내 젊은 날이 고스란히 담겨 있기 때문이다.

돌아보면, 나는 참 좋은 직업을 가졌다.

학생들이 지닌, 스스로도 알지 못한 재능을 찾아가는 기쁨. 아무리 열심히 해도 누구에게도 피해를 주지 않는 순수한 노동. 그리고 세상에서 가장 아름다운 나이의 아이들과 30년을 함께할 수 있었다는 사실.

교직을 그만두고 신협 일을 하며 세상을 넓게 보게 되었지만, 여전히 식탁에 앉아 가족들에게 말하곤 한다.

"내가 교사가 아니었으면 어떻게 살았을지 상상도 할 수 없다"고.

학교를 떠나게 된 이유를 지금 와서 곱씹어 보면, 사실은 조금 우스운 욕심이었는지도 모르겠다.

주변 친구들이 하나둘 교장·교감이 되는 모습을 보며, 나도 잠시 '나도 한번 해볼까' 하는 마음이 들었던 것이다. 그렇게 명예퇴직을 신청했고, 그 덕분에 교감이 되었지만, 대신 가장 사랑하던 박문여고와는 이별을 해야 했다. 지금 돌이켜보면, 그 선택마저도 내 삶을 이루는 여러 풍경 가운데 하나였을 뿐이다.

다만 변하지 않는 사실이 하나 있다.

나는 교사였기에 가장 행복한 삶을 살 수 있었다. 그리고 박문여고는 내 인생에서 가장 찬란한 시간이었다.

(2020. 6.)

이 글은 2020년 『박문여고 80년사』에 실렸던 글이다.

어느 날 다시 읽어보니, 그 시절의 공기와 웃음, 교실의 숨결이 그대로 살아 있었다. 그래서 이번 책에 다시 담는다.

3부

사랑하는 이들에게

1장

자녀에게

수미에게 보낸 편지 1

짧은 만남은 긴 여운을 남긴다.

이 편지는 2007년, 막내딸 수미가 힘든 선택 앞에 서 있던 시기에 실제로 보낸 글이다. 당시의 마음을 그대로 전하기 위해 표현과 문장은 거의 손대지 않았다.

예쁜 수미야!

어찌 하루인들 너를 잊었겠니. 어찌 하루 밤인들 편하게 잠들 수 있었겠니. 본인이 자원한 일이라고, 애가 똑똑하여 어떤 상황이라도 잘 적응할 것이라고 자위해 보지만 자꾸 애처롭고 안타깝게 느껴지는 것은 애비가 너무 모질지 못해서만 일까?

오늘도 너를 만나러 가면서 아니 며칠 전부터 너를 한번 만나러 가야겠다고 다짐하면서 나름대로 많은 생각을 했다.

한석봉이 어머니는 공부를 마치고 돌아온 아들의 실력을 자신의 떡 써는 실력과 비교하여 그날 밤으로 다시 되돌려 보냈다고 하지. 그런 어머니였기에 조선을 대표하는 명필을 탄생시켰다고 전해지지.

약속 시간보다 3~40분 먼저 도착하여 정일학원 학생들과 너희 학원 학생들의 점심시간을 차례로 지켜보면서 -줄을 서서 이동하고, 인원수를 세고 하는 모습을- 아빠는 마음 약하게도 너를 만나면 그냥 데리고 오려고 마음먹고 있었단다.

그런데 너는 의연하게도 견딜만하다고, 다들 잘 견디고 있다고, 오히려 나이든 학생들에게서 자극을 받게 된다고….

흔히 말하기를 인생은 경쟁이라고, 그리고 경쟁에서 반드시 이겨야 한다고. 아빠도 한때는 그렇게 생각을 했었는데 하지만 어느 순간부터 생각이 조금씩 바뀌게 되었단다. 내 생각은 사람마다 나름대로 재능이 있고 또한 사람에 따라 능력도 똑같지는 않다고.

그렇지만 그때나 지금이나 정말로 화나는 것은 젊은이들이 게으름으로 자신의 재능을 발휘하지 못하는 것이지. 사람이 사회적 동물이듯, 각자는 사회의 한 부분을 맡고 살아가는 존재일 텐데, 자신의 게으름으로 그 몫을 다하지 못한다면 사회도 튼튼할 수 없고,
결국 그 사람 자신 또한 불행해질 수밖에 없지 않겠니.
하지만 수미야! 아빠는 네가 너무 힘든 길을 택하지 않았나? 걱정이 된다. 이 방법이 현재 네 상황에선 최선의 방법일지 모르지만 그리고 아빠가 너라도 그렇게 선택하였겠지만….
수미야! 이왕 선택한 일이라면 한번 최선을 다해 보거라. 그리고 힘들

면 언제라도 아무 생각 없이 그냥 집으로 돌아 오거라. 결코 아빠는 다시 되돌려 보내지는 않을 테니까.(아빠는 한석봉이 어머니가 아니니까)

끝으로 서울대 하성도 교수의 한자 이야기를 하나 소개하면서 아빠 편지를 마무리하려고 한다.

父子之間不責善(부자지간불책선)이라는 말이 있다. '父'는 '父母'의 경우에는 '어머니'와 대칭되는 '아버지'를 뜻하지만, 대개는 '부모'를 함께 나타낸다. '子'는 '아들'이라는 뜻이다. '子女(자녀)'는 '아들과 딸'이라는 뜻이다. '子'는 '딸'을 포함하는 '자식'을 모두 나타내기도 한다. '男子'는 '사내로 태어난 자식'이고, '女子'는 '딸로 태어난 자식'이다. '子'는 사물을 나타내는 어휘의 뒤에 붙는 접미사로 사용되기도 한다. '椅子(의자), 帽子(모자), 原子(원자), 分子(분자)'의 '子'는 모두 특별한 의미 없이 앞의 어휘에 붙어 다닌다. '子'는 '학문이 높은 스승'을 나타내기도 한다. '孔子(공자), 孟子(맹자)'라고 하는 경우의 '子'는 이런 뜻이다.

'間'은 '사이'라는 말이다. '間奏曲(간주곡)'은 '사이사이에 연주되는 음악'이라는 뜻이고, '民間(민간)'은 '백성들 사이'라는 뜻이다. '責'은 '꾸짖다, 요구하다, 책임'이라는 말이다. '責望(책망)'은 '꾸짖고 나무라다'라는 말이고, '責務(책무)'는 '책임질 일'이라는 말이다. 이 경우의 '望'은 '나무라다'라는 뜻이며, '務'는 '일, 직무'라는 뜻이다. '善'은 '선, 착하다'라는 뜻인데 여기에서는 '완전함'을 나타낸다.

이를 정리하면 '부모 자식 사이에는 완전하기를 요구해서는 안 된다'

는 말이 된다. 왜 그럴까? 사람은 완전할 수 없기 때문이다. 부모가 자식에게 완벽한 행동을 요구하면 결국 부자 간의 情(정)이 사라지고 마침내 부자간에 다툼이 생긴다. 부모와 자식은 天倫(천륜)으로 맺어진 사이이므로 어떠한 가치도 이를 깨뜨릴 수는 없다. 부모의 자식에 대한 불만이, 혹은 자식의 부모에 대한 불만이 서로 완전함을 요구하는 것은 아닌지 돌아볼 일이다.

　네가 어떤 상황이 되든,
　네가 어떤 결과를 맺든,
　아빠는 우리 예쁜 막내딸을 매우매우 사랑한다는 것을 잊지 말아라. 알고 있지?

　신수미 Fighting!!!!!!

2007. 1. 10.
수미를 매우 사랑하는 아빠가

수미에게 보낸 편지 2

- 꿈은, 꿈꾸는 사람만이 이룰 수 있다.

드디어 개학!

모든 출발이 그렇듯 새 식구를 맞이하는 학교도 구석구석 새 단장을 하고 여러 면에서 설레고 있다. 날씨마저 화창해 온 세상이 기지개를 켜듯 봄기운이 완연하다. 잘 지내고 있지? 많이 힘들지는 않고?

입학 시즌이 되니까 문득, 네 손을 잡고 초등학교에 갔던 기억이 나는구나. 아마 그때도 2월 말로 기억되는데 학교에서 무슨 소개를 한다고 취학 예정자들을 학부모와 함께 학교로 불렀었지. 애들 넷을 기르면서 입학 소개에 내가 간 것은 그때가 처음이었거든.

조그만 네 손을 잡고 봄볕을 맞으며 학교에 갔던 기억을 잊을 수가 없구나. 지금도 그렇지만 그때 수미가 얼마나 예쁘던지.

요즘은 예쁜 수미가 문득문득 보고 싶다. 곁에 있을 때 더욱 잘 해주지 못한 후회와 함께. 화학결합에서 두 원자가 결합을 하려면 일정한 거리가 유지되어야 하듯 - 그 거리가 너무 가까우면 인력보다 반발력이 더욱 강한 것처럼 - 네가 곁에 있을 땐 그런저런 이유로 네게 더 친절하게 대하지 못한 것이 무척 마음에 걸린다.

예쁜 수미야 기억하고 있지. 재수는 특권이라고, 누구나 하는 것이 아니라 선택된 일부만이 하는 것이라고. 물론 힘들겠지. 그러나 세상에 값어치 있는 일치고 저절로 되는 것은 하나도 없단다.

동봉하는 한비야의 책은 내가 지난겨울에 읽었던 것인데 한비야도 젊어서 큰 시련을 겪었지. 그러기 때문에 세상을 보는 눈이 넓어지고, 마음이 따뜻해지고….

11시부터는 교장 이 · 취임식에 참석해야 해. 또 연락할게.

2007. 2. 28
수미를 매우 사랑하는 아빠가

수미에게 보낸 편지 3

- 세상에 견딜 수 없는 시련은 없다.

4월은 가장 잔인한 달

죽은 땅에서 라일락을 키워내고

추억과 욕정을 뒤섞고

잠든 뿌리를 봄비로 깨운다.

겨울은 오히려 따뜻했다.

(중략)

엘리어트(T.S. Eliot)라는 영국 시인의 『황무지』에 나오는 구절이다. 계절의 순환 속에서 다시 봄이 되어 버거운 삶의 세계로 돌아와야 하는 모든 생명체의 고뇌를 묘사하고 있지. '망각의 눈'에 쌓인 겨울은 차라리 평화로웠지만 다시 움트고 살아나야 하는 4월은 그래서 잔인하다고 한단다.

예쁜 수미야!

아침에 네 편지를 보고 많은 반성을 했다. 하루도 널 떼어 놓고는 못 살 줄 알았는데, 너를 안 보고는 못 견딜 줄 알았는데 이렇게 너를 떼어

놓고도 편히 잠들 수 있다니.

일전에 네 번째 학원비(4월분)를 보내면서 '참 세월이 빠르다.'고 생각했고. 그래서 더 늦기 전에 우리 예쁜 수미를 한 번 만나려고 했는데 아빠가 편히 잠든 사이에 수미가 편지를 보냈구나.

마침 지난 주말에는 범수가 와서 함께 할아버지 산소에 가서 나무도 심고, 집의 화분도 돌보고 했는데, 군을 제대한 후 애가 한층 성숙해짐을 느끼게 하는구나. 언니들은 같은 집에 산다고는 하지만 물론 자기들 생활이 바빠서이겠지만 서로 얼굴 보기도 힘이 든다.

잘 먹고, 잘 지낸다고는 하지만 어찌 그 생활이 평안하겠니? 주변도 어느 정도 정리가 되고, 대입 준비도 본격적으로 진행되고 있으리라고 생각된다만 학원 분위기가 어떤지 매우 궁금하구나. 혹 선생님들이 너무 억압적이지나 않았으면 좋겠는데. 함께 하는 친구들과도 잘 지냈으면 좋겠고.

물론 언제 다시 볼지 모르는 그냥 한번 만난 사이이지만 사람 사는 것이 서로 만나고, 관계를 맺고, 헤어지고 하는 것이라면 좋은 사람을 만난다는 것이 굉장한 행운인 것처럼 너도 스스로가 좋은 친구가 되려고 노력을 해야 되겠지.

무슨 일이든 고치는 것은 새로 하는 것보다 훨씬 힘이 든단다.

아마 재수도 마찬가지라고 생각한다. 고3 때는 그저 그러려니 하고 열심히 하면 되지만 막상 재수를 하게 되면 아예 모르는 것도 아니고, 그렇다고 다 아는 것도 아니지. 즉, 아는 듯한 문제도 차근차근 처음부터 다시 점검을 해야 될 것이다. 다시 한번 주어진 기회에 감사하는 마음으로….

대부분의 경우 시련은 그 사람을 더욱 단련시킬 뿐, 결코 좌절시키지는 못한단다. 우리는 주위에서 시련을 멋있게 극복하는 '인간 승리'를 보고 박수를 보낸다. 시련이 있었기에 승리는 더욱 아름다울 수 있고.

마지막으로 이 말만 전하면서 예쁜 수미에게 보내는 편지를 마치려고 한다.

삶은 마치 조각 퍼즐 같다. 지금 네가 들고 있는 실망과 슬픔의 조각이 네 삶의 그림 어디에 속하는지는 많은 세월이 지난 다음에야 알 수 있지.

지금은 조금 아파도, 남보다 조금 뒤떨어지는 것 같아도, 지금 네가 느끼는 배고픔, 어리석음이야말로 결국 네 삶을 더욱 풍부하게, 더욱 의미 있게 만들 힘이 된다는 것. 네게 꼭 말해 주고 싶구나. 젊은 너는 네 삶의 배부름을 위하여, 해박함을 위하여 행군할 수 있는 시간과 아름다운 용기가 있기에.

2007. 4. 2.

수미를 매우 사랑하는 아빠가

수미에게 보낸 편지 4

- 꿈이 있다면 세상은 네 편이다.

'있는 힘껏 살자. 그렇게 살지 않는 것은 잘못이다. 살아갈 인생이 있는 한 구체적으로 무슨 일을 하느냐는 그리 중요하지 않다. 자신의 인생을 가졌거늘 도대체 무엇을 더 가지려 하는가? … 잃게 되어 있는 것은 잃는 법이다. 이 점을 명심하라. … 아직 운이 좋아 인생을 더 살아갈 수 있다면 모든 순간이 기회다. … 살아라!

Live all you can; it's a mistake not to. It doesn't so much matter what you do in particular, so long as you have your life. If you haven't had that what have you had. … What one loses one loses, make no mistake about that … The right time is any time that one is still so lucky as to have … Live!'

《Henry James》

꽤 덥지? 마음속으로는 늘 생각하고 있었지만 축축 처지는 고3들을 보면서 오늘은 꼭 예쁜 수미에게 편지를 보내야 되겠다고 생각했다.

사실 좀 바빴거든. 언니 시집보내고, 엄마가 여행 중에는 할머니를 집에서 모시느라 마음에 여유가 없었고, 요즘은 할머니가 많이 나빠져서 다시 병원에 입원시키고 어쩌고 하느라고….

　그곳도 꽤 덥지. 올여름은 유난히 일찍 더위가 와서 많은 수험생들을
고생시키는구나. 하기야 수험생이라는 자체가 힘든 생활이지만.

　음식은 좀 먹을 만한지? 잠자리는 좀 견딜 만한지? 선생님들과는 원만
하게 잘 지내는지? 네가 잘 알아서 처신하겠지만 아빠는 자꾸자꾸 걱정
이 돼. 힘든 여정에 아빠가 별 도움이 못 되는 것 같아 미안하기도 하구.

　범수는 지난주에 종강을 했고, 이번 주에 시험만 보면 된대. 엊그제
복학이니 편입이니 하더니 벌써 한 학기가 끝났구나.

　함께 보내는 책 - 한비야 님의 『바람의 딸 우리 땅에 서다』는 세계 여
러 나라를 여행했고, 많은 경험을 했던 저자가 전라남도 해남(땅끝 마을)
에서 출발하여 강원도 통일전망대까지 두 발로 걸어 다니며 쓴 여행기
로 '외롭지만 그래도 가야 할 길이기'에 '한 걸음의 힘을 나는 믿는다.' 등
나름대로의 여행철학을 담고 있단다.

　일찍이 대동여지도를 만든 고산자 김정호는 "애국은 그 땅과 그 땅의
사람들을 사랑하는 것이라. 땅을 모르면 그 땅을 사랑할 수 없다."라고
했기에 저자도 직접 우리 땅을 걸어보고 싶었겠지.

　지금으로선 아무것도 할 수 없는 입장이지만 시간 되는 대로 천천히
저자와 함께 우리 땅을 걸으면서 미래를 꿈꾸는 것도 꽤 괜찮을 성싶다.

　또 연락할게

2007. 6. 19.

수미를 매우 사랑하는 아빠가

수미에게 보낸 편지 5

- 앞으로 100일, 그 고된 여정에서

예쁜 수미야!

오늘은 아침부터 빗줄기가 예사롭지 않다. 잘 지내고 있겠지. 어디 아프지는 않고?

아빠는 어제(월요일)부터 다시 출근을 시작했다. 전전주 토요일, 그러니까 할머니 돌아가시기 전날까지 학교에 출근했고 지난주 일주일이 휴가였는데 마침 그 기간 동안 할머니 상을 치르게 되었지.

혹, 아빠가 남들에게 구구하게 부탁하고 어쩌고 하는 것이 걱정이 되어서 정확하게 아빠 일정에 맞추어 생을 마감하셨지. 사람들은 그런 것을 보고 '지성이면 감천이다.'라고 말들을 하지. 덕분에 모친상을 치르면서도 수업 결손이 한 시간도 없는 전무후무한 기록을 세우게 되었고.

수능이 앞으로 100일. 너의 고된 여정도 이제 끝이 보이는구나. 매사가 그렇듯, 입시도 마무리가 굉장히 중요하단다.

아빠가 학교에 있으면서 이런저런 기록도 세웠고, 입시에서도 큰 족적을 남겼는데 내가 수험생들에게 가장 강조하는 것은 마지막까지 흐트

러짐 없이 끝까지 최선을 다하는 것이다.

내가 고3을 맡은 대부분의 경우, 우리 반 학생들은 수능 전날(예비소집을 하는 날)까지 자율학습을 했는데 다른 학생들이나 선생님들까지 의아하게 생각했지만 우리 반 학생들은 누구 하나 이상하게 생각하지 않고 당연하게 받아들였지.

그렇다고 평상시에 자율학습을 그렇게 빡세게 시킨 것은 아니고, 아무튼 마지막까지 최선을 다하자는 공감대를 형성하고 있었지.

작년만 하더라도 여름 방학 전까지는 다른 반에 비해 '다소 앞선다.' 하던 것이 여름 방학과 함께 수시다 뭐다 해서 한바탕 흔들리더니, 10월 모의고사는 우리 반 평균이 다른 반에 비해 30점 이상 앞섰단다.

일단 일이 그렇게 되고 나면, 학생들 스스로가 놀라고, 교사에 대한 신뢰(마무리가 중요하다는 말)가 생기면서 교실 분위기가 갈수록 좋아지고, 수능 예비소집에 가겠다고 자율학습을 빠지는 학생은 단 한 명도 없게 되지.

예쁜 수미야!

앞으로 100일은 아무 생각 없이 그냥 입시에만 전념하자. 100M 달리기 선수가 결승점에서 순위에 관계없이 본능적으로 가슴을 내밀 듯 그렇게 본능적으로 입시에 임하자.

모든 수험생들은 수능을 앞두고 수능의 모든 범위를 다시 한번 점검을 해야 될 테고, 그동안 성적이 좋았던 학생들은 마무리가 다소 유리할 뿐. 누구나 다시 한번 전체 범위를 봐야 한다면, 앞으로 하루하루는 정말로 중요한 시간이 되겠지.

아빠는 오늘 예쁜 수미에게 히딩크 감독의 일화를 이야기해주면서 편지를 마치려고 한다.

당시는 2002년 봄, 월드컵이 약 100여 일 앞으로 다가왔는데 우리 선수들의 기량은 좀처럼 나아지지가 않았단다. 100여 일 앞두고 마지막 평가전을 프랑스와 가졌는데 많은 국민들의 열화와 같은 기대에도 불구하고 우리나라는 프랑스에 보기 좋게 5 : 0으로 지고 말았지.

일각에서는 감독 교체설이 나돌고, 과연 월드컵을 개최해 놓고 1승도 못한다면 국가적인 망신이라며 많은 국민들이 패배의식에 젖어 있을 때, 히딩크 감독은 귀국길의 기자회견에서 이런 말을 했지.

"현재 우리나라가 월드컵에서 예선을 통과할 가능성은 전혀 없다. 그러나 나와 우리 선수들은 오늘부터 그 가능성을 하루에 1%씩 높여 가겠다. 그래서 100일 후, 월드컵이 열리면 반드시 예선을 통과하겠다."

예쁜 수미야!
히딩크의 그 말은 어쩌면 국민을 상대로 한 말이 아니고 스스로와 선수들에게 한 다짐이겠지. 할 수 있다는 자신감으로 스스로에게 최면을 걸고 선수들을 독려해서 그 가능성을 현실로 만들었고, 국민적 영웅으로 다시 태어났지.

물론 아빠는 예쁜 수미가 잘 할 수 있으리라고 믿지만. 그것보다 더욱 안타까운 것은 예쁜 수미가 입시 준비로 너무 고생하는 것이 마음이 아프다. 비록 그것이 너의 성장을 위한 몸부림이라고 자위해 보지만…

예쁜 수미야!
많이 힘들겠지만 이제 마지막이라고 생각하고 밥 꼬박꼬박 잘 챙겨 먹고 잠자는 시간 반드시 지키고. 절대 무리하지 말고…

할머니마저 떠나시니 예쁜 수미가 없는 집은 너무 허전하구나.

아빠가 조만간에 한번 갈게.

2007. 8. 7.
수능을 100일 앞두고 매우 고생하는 수미에게
수미를 매우 사랑하는 아빠가

수미에게 보낸 편지 6

예쁜 수미야.

아빠는 너를 공항에 데려다주며 스스로 다짐했다.
슬퍼하지 말자고.
네가 스스로 선택한 길이고, 꿈을 향해 나아가는 일이니
웃으며 축하해 주는 것이 맞겠다는 생각에서였다.

걱정보다는 믿음이 더 컸다.
너라면 잘 해낼 것이라는 확신 말이다.

사람과 사람의 인연은 참 귀하다.
살다 보면 피보다 더 가까운 사람이 생기기도 하고,
때로는 작은 말 한마디에 삶의 방향이 달라지기도 한다.
그러니 항상 예의를 잃지 말고,
나이가 많은 분들에게는
그분들이 가진 경험과 지혜를 존중해라.

자주 묻고 자문을 구하면,
그 자체가 큰 배움이 된다.

이제 너의 새로운 길이 시작되었다.
멀리 있어도 아빠 마음은 늘 네 곁에 있다.
힘든 날도 있겠지만
너는 잘 해낼 것이다.

2009. 12. 9.

너를 사랑하는 아빠가

수미 결혼식

우리 수미는 어려서 큰 수술은 받은 적이 있습니다. 인천에서는 수술이 어렵다고 하여 서울의 대학병원에서 수술을 했지요.

지금은 이렇게 예쁘고 당당한 모습이지만, 그때 수미의 나이는 고작 20개월 남짓이었습니다.

그 작은 아이를 커다란 수술대에 눕혀 놓고, 제가 직접 수술대를 밀어 수술실로 들여보냈습니다.

수술을 기다리면서 저는 기도를 했습니다.

"하느님, 제 아이를 꼭 살려 주십시오. 살려만 주신다면 저는 평생 감사하며 성실하게 살겠습니다."

한 시간이 지났을까, 수술실 문이 열리고 의사 선생님이 수미의 몸에서 제거한 이물질을 거즈에 싸서 보여주었습니다.

그 순간 저는 의학적 경이로움보다 '이제부터 더 바르게, 열심히 살아야 한다.' 이런 다짐이 먼저 들었습니다.

그렇게 시간이 흘러 수미가 초등학교에 입학을 하게 되었는데, 예비 소집에 제가 함께 갔습니다.

차가운 공기였지만 햇볕은 따뜻했고, 작은 손을 잡고 이런저런 이야기를 나누며 학교로 걸어갔던 그 기억은 지금도 제 마음속에 고이 남아 있답니다. 그때 그 작고 따뜻하던 손의 온기를 아직도 잊을 수 없습니다.

고등학교 시절 수미는 화학을 아주 잘해 경시대회에도 나가던 아이였습니다. 그런 아이가 대학입시를 앞두고 갑자기 문과로 전과를 하겠다고 하더군요. 결국 재수를 선택했고, 멀리 떨어진 시골의 기숙학원에서 생활하게 되었습니다.

어느 날 저는 그 학원을 찾아갔습니다. 궁금하기도 하고, 보고 싶기도 해서. 마침 점심시간이었는지 저 멀리 운동장 너머 식당에서 친구들과 걸어 나오는데 그 생활복 - 불그죽죽한 추리닝이 - 제 눈에는 왠지 '죄수복' 같아 보였습니다. 그 꽃다운 나이에, 그 맑은 날씨에도. 아버지 마음이 많이 아팠지요.

그렇게 힘겨운 재수생활을 마치고 유학이라는 또 하나의 큰 산도 넘고, 지금은 어느 정도 안정이 되었는지 한국에 올 때면 제가 비싸서 보기만 하던 고급 위스키를 아무렇지도 않게 사 오곤 합니다. 그런 행운이 조금 더 이어졌으면 좋겠지만, 이제 결혼을 하면 그것도 쉽지 않겠지요.

신랑 미스터 국은 제가 몇 번 만나 보았습니다. 건강하고, 예의 바르고, 친절한 사람입니다. 이렇게 훌륭하게 아드님을 길러 주신 두 분께 진심으로 깊은 감사를 드립니다.

이에 비해 우리 수미는 막내라 자유로운 분위기에서 자라 조금 서툰 부분이 많습니다.

제사나 예절, 살림살이에 능숙하지 않지요. 하오나 어려서부터 사랑을 듬뿍 받고 자라 정도 많고 따뜻합니다. 조금만 친절히 알려주시면 잘 배워 갈 아이입니다. 수미를 따뜻한 마음으로 보듬어 주시길 부탁드립니다.

이제 신랑·신부에게도 한마디 하겠습니다.

결혼은 끝이 아니고 시작입니다. 서로의 다름을 인정하고, 각자의 삶은 존중하며, 상식과 성실을 잃지 않고 살아가십시오. 그래서 훗날 여러분의 자녀로 하여금 "우리 엄마, 우리 아빠는 참 자랑스럽다." 이 말을 듣는 부부가 되기를 바랍니다.

전능하신 하느님!

오늘 새롭게 출발하는 이 가정을 축복하시어 어떤 어려움에도 굴하지 않는 지혜를 주시고, 맡겨진 삶을 성실히 살아간 후 웃는 얼굴로 하느님께 돌아갈 수 있도록 이 가정을 지켜 주소서.

바쁘신 가운데 신랑·신부의 앞날을 축하해 주시기 위해 귀한 걸음을 해주신 모든 하객 분께 진심으로 감사를 드립니다.

감사합니다.

(2024. 5. 18.)

오늘 이 자리에 함께하지 못한 분들께 혹시라도 제 마음이 제대로 전해지지 않았을까 하는 염려가 남습니다.

말로 다 전하지 못한 생각이 있어, 오래전에 큰딸을 시집보내며 동기 게시판에 올렸던 글 하나를 이 자리에 그대로 덧붙이고자 합니다.

그때의 선택과 지금의 마음은 크게 다르지 않습니다.

딸을 시집 보내고

저는 평소 우리의 미풍양속이기도 한 관혼상제가 다소 허례허식적인 면도 있다고 생각해 왔습니다. 그래서 기회가 된다면 우리 아이들만이라도 조촐하게 결혼시키겠다고 마음속으로 다짐해 왔습니다.

그러던 중 큰아이가 결혼을 하게 되었고, 상견례 자리에서 사돈 될 분께 조심스럽게 평소의 생각을 말씀드렸습니다.

사돈 될 분도 얼떨결에 그것이 좋겠다고 하시더군요.

기회다 싶어 바로 다음 날, 시골에 있는 조용한 교회인 충남 아산의 공세리 성당을 찾아가 예약하고,

2007년 5월 12일 토요일,

우리 가족 십여 명 남짓과 사돈 내 가족 스무 명가량,

주례 신부님과 스태프를 포함해 모두 마흔 명가량 모인 가운데 정말

조촐하게 결혼식을 올렸습니다.

혼례 후에는 폐백 대신 두 가족이 한자리에 모여 식사도 함께했습니다. 저는 이 일에 대해 자랑할 것은 아니지만 크게 잘못되었다고 생각하지도 않습니다.

그리고 기회가 된다면 둘째나 셋째 아이도 이렇게 결혼시키고 싶다는 생각을 여전히 가지고 있습니다.

다만 많은 동기 분들께서 '섭섭하게 생각하지는 않으실까' 하는 염려를 떨쳐 버릴 수가 없습니다. 넓은 아량으로 저의 이런 편협한 생각까지도 이해해 주시고, 새 출발 하는 아이들에게도 따뜻한 축복을 보내 주시기를 부탁드립니다.

(2007. 6.)

2장

인연과 감사

수미 민박집 아주머니께 1

With gratitude and appreciation

존경하올 Theodora 여사님께

낯선 사람으로부터 메일을 받으셔서 조금 놀라셨을지 모르겠습니다.

저는 여사님을 직접 뵌 적은 없지만, 이미 매우 잘 알고 있는 사람입니다.

친절하시고, 자상하시며, 상대의 의견을 존중해 주시고, 늘 따뜻한 마음으로 정성스러운 음식을 준비해 주신다는 이야기를 수미에게서 많이 들었습니다.

저는 약 일주일 전, 여사님의 새로운 식구가 된 SUMI의 아버지입니다.

수미가 보내온 메일의 대부분은 여사님에 관한 이야기였습니다.

여사님이 얼마나 좋은 분이신지, 여사님을 만나 정말 행복하고 자신이 얼마나 운이 좋은 사람인지에 대해 이야기하는 모습을 보며, 아버지로서 꼭 감사의 인사를 드리고 싶었습니다.

한국에서는 매우 소중하고 사랑스러운 자식을 두고

'눈에 넣어도 아프지 않다'라는 표현이 있습니다.

수미는 제게 그런 딸입니다.

혹시 문화의 차이나, 외국에서 혼자 생활하며 자연스럽지 못한 행동이 보이더라도 부담 없이 알려 주시고 따뜻하게 지도해 주시면 감사하겠습니다.

저는 관심과 애정 어린 조언이 성장의 가장 큰 힘이라고 믿습니다.

여사님의 배려와 지도 속에서 이 아이가 국제적인 감각과 예의를 갖춘 성숙한 사람으로 자라가기를 기대하고 있습니다.

3월에 기숙사로 옮기게 되더라도, 여사님과의 좋은 인연이 계속 이어지기를 바라는 마음입니다.

여사님의 따뜻한 관심에 진심으로 고개 숙여 인사드립니다.

감사합니다.

2009. 12. 21.

신선호 드림

수미 민박집 아주머니께 2

Warm thanks and greetings

Dear lady Theodora,

I am very glad today. Actually, I'm afraid I was hesitant to send a mail to non acquaintance. I thought if it was rude or impolite. But after I sent a mail in a few hours, you gave me a kind reply and I am sure you will take good care of sumi. Nowadays, it is very cold here and the temperature is usually 10 degrees below zero. Throughout the country, all is freezing. But your kind reply makes my heart lighter and warmer just like a feather.

I work for the girls' high school as a chemistry teacher. This year, I have worked for 29 years. Teaching students is very joyful and fruitful labor. Recently, many female students have less interest in natural science. But I try to take pride in teaching students. My hobby is to play tennis so I play tennis most of weekend. Strange to say, after playing tennis, I like to talk to my friends about the play of tennis with having some beer.

My house which I live in was built 16 years ago. At that time, I designed my own house and my family was seven. (my mother, wife, two daughters, son and sumi including me) My mother passed away. Two daughters got married. Sumi went abroad. So now I live with my wife and son. My house seems to be bigger than compared other ordinary house but now very quiet. When my married daughters come to my house sometimes, I am very happy. Especially, my grandsons make me happy. But it occurs from time to time. They are so busy.

The reason why I have special affection to sumi is that I didn't pay great attention to other elder son and daughters because I was so busy working for the school. But after I have some comfort, we gave birth to sumi. Sumi is really special to me.

In Korea, older person have a priority in everything. Being old means having much experience. Experience makes people wise. I think it is hard to say what others do not want to hear. But I would like to lead her to be well raised as a refined lady with international etiquette. I believe if you have no affection and care, there is no scold and interest.

I pray you for merry christmas and happy new year. Also, I look forward to seeing you as soon as possible.

My best regards,

Shin Seon Ho

Dear lady Theodora

저는 오늘 매우 기쁩니다. 조심스러운(실례가 되지 않을까? 모르는 사람이 메일을 보내도 될까?) 마음으로 당신에게 메일을 보냈는데 당신은 불과 몇 시간 만에 매우 친절한 답신을 보내주었고, 또한 당신의 메일을 통해 당신이 진심으로 SUMI를 사랑한다는 것을 확인했기 때문입니다. 호주 사람들은 이해할 수 없겠지만 이곳은 현재 기온이 영하 10℃를 넘나들어 온 나라가 꽁꽁 얼어붙어 있습니다. 하지만 당신의 친절한 메일을 받은 내 마음은 새털처럼 가볍고 따뜻합니다.

저는 현재 화학선생으로 여자고등학교에 근무하고 있습니다. 올해가 29년째입니다. 학생들을 가르친다는 것은 매우 즐겁고 보람된 일이지만 최근에는 여학생들이 자연과학에 관심이 적어 조금 힘듭니다. 그렇지만 저는 늘 가르친다는 것에 자부심을 갖고 즐겁게 생활하려고 합니다.
테니스를 매우 좋아해서 주말이면 대부분 테니스를 즐깁니다. 이상하게 생각될지 모르지만 테니스를 하고 나서 친구들과 맥주를 마시며 그날의 게임 내용에 대해 이야기하는 것을 매우 좋아합니다.

현재 살고 있는 집은 16년 전에 내가 직접 설계한 집으로 당시 우리 가족은 7명이었습니다. (어머니, 나, 부인, 딸, 딸, 아들, 마지막으로 SUMI) 어머니는 돌아가시고 두 딸은 결혼했고, SUMI는 외국에 있고, 따라서 현재는 3명이 삽니다. 집은 비교적 넓은 편인데, 매우 한적합니다.
가끔씩 결혼한 딸이 오면 매우 반갑고 기쁩니다. 특히 손자는 매우 귀엽습니다. 그렇지만 살기가 바빠서 자주 오지는 못합니다.

내가 SUMI를 특별히 사랑하는 이유는, 큰애들은 젊었을 때 낳았기 때문에 직장(학교) 일이 바빠서 제대로 돌보아 주지 못했습니다. 나이가 들고 직장이 좀 안정된 후에 SUMI를 얻었고, 따라서 그놈은 각별히 정이 갑니다.

한국에서는 매사에 있어 나이 든 사람을 우선으로 합니다. 나이가 많다는 것은 여러 가지 경험이 많다는 뜻이고, 경험은 사람을 현명하게 하기 때문입니다. 상대방이 싫어하는 말을 하기는 쉽지 않습니다. 하지만 나는 당신이 SUMI에게 더욱 자주 잔소리를 해서 하루빨리 수미가 국제적 예의를 갖춘 여성으로 성장하기를 기대합니다. 애정이 없으면 잔소리도 없습니다. 부디 애정을 가지고 잘못을 시정해 주기를 간곡히 부탁합니다.

부디 다가올 성탄과 새해를 맞이하여 늘 건강하고 즐겁고 보람된 나날이 되기를 바라며, 빠른 기일 안에 만나게 되기를 기원합니다.

Shin seon Ho

내 친구 성모에게

밖은 제법 춥지? 나는 요즘 모처럼의 망중한(忙中閑)을 보내고 있다. 그래서 이렇게 너에게 편지를 쓴다.

지난 가을, 네가 내게 건강검진을 강하게 권했을 때 그 말은 피할 수 없는 숙명처럼 다가왔다. 너를 처음 만난 이후, 너는 내 인생의 중요한 고비마다 늘 곁을 지켜준 사람이었기에 그 말이 그냥 예사로 들리지 않았다. 게다가 나에게는 또 하나의 숙명이 있다.

우리 아버지는 일흔에 위암으로 돌아가셨고, 아마 지금의 내 나이 즈음에 발병했을 것이다. 나는 그의 유전자를 가장 많이 닮은 유일한 아들이고.

검진을 피할까 하는 생각도 잠시 들었지만 결국 받아들이기로 했다. 다만 마음속 기도는 이랬다. '병으로 추해지지 말자. 으연하게 맞서자. 생명을 구걸하지 말자.' 검진 전까지는 망설임도 있었지간 일단 시작하고 나니 모든 과정이 짜인 시간표처럼 착착 진행되었다.

11월 3일 : 세종병원 건강검진 및 위내시경

11월 12일 : 담당 의사 면담, 3차 의료기관 소견서 작성

11월 13일 : 부평성모병원 소화기내과 검진(시술 전 재확인 의견)

11월 19일 : 위내시경 재검사

11월 23일 : 검사 결과 확인 및 입원 일정 조정

11월 30일 : 입원 전 코로나19 검사

12월 2일 : 입원

12월 3일 : 시술

현재 회복 중.

되돌아보니 짧지 않은 시간 속에서 정말 많은 사람들을 만났고, 많은 일들이 있었고, 다툼도 참 많았다. 그중에서도 항상 내 편이 되어 준 사람들 ― 부모님, 가족, 친구, 선후배, 지인들.

지금은 이미 내 곁을 떠난 이들도 있지만 언젠가는 나 역시 이 모든 것들과 작별을 해야 한다고 생각하니 (물론 지금은 아니지만) 그들이 내게 준 사랑이 너무 크고, 아무런 보답 없이 떠난다는 것이 너무 미안하고, 너무 무책임하게 느껴지더라.

그러나 어쩌겠니.

삶이라는 것이 내 의지대로 되는 게 아니라는 걸 이제는 잘 알지 않겠니. 조금 위로가 되는 건 대학교 시절 공부를 열심히 하지 않은 것과 평소 술을 너무 많이 마신 것을 빼고는 그래도 매 순간 부지런하게, 나름대로 성실히 살아왔다는 점이다. 다행히 시술이 경미했고 결과도 좋다고 하니 퇴원하면 꼭 너를 찾아가 소주 한잔 기울이고 싶다.

2020. 12. 4.

어색한 병상에서

정서웅 선생님께 보낸 편지

Siegfried, Narziss und Goldmund, Der Ring des Nibelungen.

Es irrt der Mensch, solang'er strebt.

Der Vogel kämpft sich aus dem Ei.

Nur der verdient sich Freiheit wie das Leben, der täglich sie erobern muß.

존경하는 선생님께.

뜻밖에 선생님으로부터 과분한 선물을 받고 나니, 오랫동안 깊은 곳에 잠들어 있던 단어들이 다시 꿈틀대며 일어나는 듯합니다.

당시에는 미처 몰랐습니다.

저희가 선생님께 배운 것은 독일어 자체보다, 그 언어를 통해 만난 문학과 사유(思惟), 그리고 삶의 태도였습니다.

그 깨우침은 시간이 흐를수록 더욱 또렷해져, 제 삶의 이정표처럼 언제나 되돌아오곤 했습니다.

선생님, 제가 십여 년 전에 살 집을 지은 적이 있습니다. 동기 중에 건축 설계를 하는 친구가 있어 오랫동안 함께 의논하며 집을 그려 나갔습니다.

하지만 그 친구도 저도 감히 손댈 수 없는 부분이 하나 있었습니다. 집은 반드시 큰길에서 한 블록 안쪽에 있어야 하고, 붉은 벽돌의 2층 집이어야 하며, 2층 베란다에는 여러 화분들이, 담장 위에는 넝쿨장미 가 피어 있어야 한다는 것이었습니다.

집을 짓는다기보다 마치 선생님의 숙제를 수행하는 기분이었고, 언 젠가 그 숙제를 선생님께 꼭 검사받고 싶다는 생각을 하곤 했습니다.

> '이제 짐을 꾸리는 일은 어렵지 않다.
> 내게 그토록 사랑스럽고 소중했던 모든 것을 떨치고 떠나왔지만 지 금은 우리가 살아가기 위해 너무 많은 준비를 한다는 말이 절실하 게 마음에 와 닿는다.'
>
> _ 괴테, 『이탈리아 기행』

지난여름, 젊은 선생님들과 함께 유럽 배낭여행을 다녀왔습니다. 말 그대로 '어찌할 수 없는 욕구'에 이끌려 오랫동안 준비하고, 어렵게 떠난 여행이었습니다.

루체른의 호수를 바라보며, 뮌헨에서 생맥주를 마시며, 베네치아에서 곤돌라를 타며 — 제 머릿속은 늘 고등학교 독일어 시간으로 되돌아갔 습니다. 그때 이론으로 배운 것들을 비로소 현실에서 확인하는 순간들 이었습니다.

선생님, 지금 계신 곳에도 봄이 찾아왔는지요?

박문여고 교정의 4월은 유난히 아름답습니다.

언제부턴가 저는 꽃보다 나무가 더 아름답다고 생각해 왔는데, 올해의 나무들은 정말 경이롭습니다.

나무마다 제각기 새순이 돋아나고, 부활의 은총 속에서 초록, 분홍, 하양, 노랑, 빨강의 색들이 흐드러지게 피어나고 있습니다.

선생님께서도 가끔 창밖의 봄을 한번 바라보셨으면 좋겠습니다.

2004년 4월 마지막 날에.
선생님을 닮고 싶은, 어리석은 제자가
늘 건강을 기원하며.

그때 선생님께서 보내 주신 선물은 『베네치아와 시인들 — 사랑의 이야기』(클라우스 틸레-도르만 지음, 정서웅 옮김, 열림원) 이었다. 나는 그 책을 받고 너무 기쁘고 자랑스러워 당시 동기 게시판에 올렸던 글을, 여기에 다시 옮겨 적는다.

정서웅 선생님
(독문학, 옛 2학년 9반 담임, 현 숙명여대 교수·대학원장)

노구에도 불구하고 여전히 집필에 왕성해 자신의 건재를 과시하시던 선생님께서, 또다시 큰일을 저지르셨다. 『베네치아와 시인들 — 사랑의 이야기』라는 주옥같은 책을 펴내셨다.

내가 이 글을 쓰는 이유는, 선생님께서 아직도 소녀와 같은 아름다운 감성을 지니고 계시다는 점과, 그 책을 손수 나에게 보내주실 정도로 나를 끔찍이 사랑하신다는 사실을 자랑하기 위해서다.

흔히 말하기를, 베네치아는 『베니스의 상인』의 저자 셰익스피어가 300년 만에 다시 살아 돌아온다 하더라도 아무 도움 없이 그의 작품 속 주인공인 샤일록이나 안토니오의 집을 찾아갈 수 있을 만큼 잘 보존되어 있다고들 한다.

나 역시 2000년에 그곳을 여행한 적이 있는데, 리알토 다리며 피자가게, 기념품 가게까지 골목골목이 전혀 낯설지 않았다.

오히려 피자가게 아저씨나 기념품 가게 처자들은 아주 오래전부터 알고 지낸 사람처럼 반갑기까지 했다.

동기 여러분!

이 좋은 계절에 괴테와 함께 플로리안 카페에서 커피를 마시지 않으시겠습니까?

바이런과 함께 곤돌라를 타고 베네치아 구석구석을 돌아보는 기분은 또 어떨까요?

저녁에 술이라도 한잔하려다 길을 잃고 헤매는 헤르만 헤세도 끼워주고, 1차 세계대전 때 이곳에서 군 생활을 했다고 우기는 헤밍웨이의 무용담을 듣는 것도 괜찮지 않겠습니까.

혹 숨겨 둔 애인 중에 약간 지적인 여인이 있다면, 이번 여행에 동행하는 것도 썩 괜찮은 생각일 듯합니다.

(2004. 5. 10.)

3장

손주에게

박도윤에게

나의 사랑하는 도윤이에게.

우선 늦게나마 내 생일을 축하해 주어서 고맙다. 진심 어린 도윤이의 축하를 받으니, 부쩍 자란 도윤이의 모습이 떠올라 여간 대견하지 않구나.
고맙다.

할아버지는 우리 도윤이가 참 자랑스럽다. 씩씩하게 성장한 모습도 아름답고, 늘 예의 바른 태도와 솔선수범하는 학교생활 또한 자랑스럽다. 게다가 학교생활도 모범적이라고 하니 더없이 기쁘다.

일전에 영어 공부에 대해 의논한 적이 있었지. 다시 말하지만, 절대 서두르지 말고 천천히, 그리고 꾸준히 노력해라. 너의 경쟁 상대는 너보다 뛰어난 아이들도, 너보다 못한 아이들도 절대 아니란다. 결국 너는 너와 아주 비슷한 처지의 학생들과 경쟁하게 되고, 그들보다 조금만 더 열심히 하면 되는 것이다.

또 한 가지 이야기를 해 주고 싶구나. 할아버지가 도윤이만 했을 때, 고모가 세 분 계셨는데 고모들은 늘 "우리 집 식구들은 게을러서 되는 일이 없다"고 말씀하셨다. 어려서 나는 그 말이 참 듣기 싫었다.

그래서 도윤이만 할 때부터 부지런해야겠다고 마음 먹었다. 그런데 일흔이 넘은 지금도 아침에 일어나려면 귀찮고, 더 자고 싶고, 핑계가 생긴다. 그래도 대부분은 일찍 일어나려고 노력한다. 고모들이 하던 그 말이 싫어서 말이다. 사람들은 이런 사정도 모르고 할아버지를 매우 부지런한 사람이라고 생각하고 있지.

내가 30년 넘게 학생들을 가르치며 느낀 점이 하나 있다. 아무리 뛰어난 학생이라도 부지런한 학생을 이기기는 어렵다는 것이다.

젊은이, 특히 미래를 준비하는 젊은이라면 가장 경계해야 할 것은 바로 게으름이다. 게으르지만 않다면 젊은이들은 무엇이든 할 수 있단다.

하나 더 말하자면, 방학은 쉬는 기간이 아니라 다음 학기를 준비하는 시간이다. 학교에 다닐 때는 열심히 하는 학생이나 대충 하는 학생이나 큰 차이가 없어 보이지만, 방학을 보내고 새 학기가 시작되면 준비한 학생과 그렇지 못한 학생 사이에는 생각보다 큰 차이가 난단다.

축하에 대한 답장이 이렇게 잔소리로 가득 차 버렸구나. 할아버지가 도윤이에게 해 주고 싶은 말이 그만큼 많은가 보다.

2025. 1. 24.

도윤이를 매우 자랑스러워하는 할아버지가

준서에게

지난봄부터 글을 쓰기 시작했단다.

글을 쓰게 된 데에는 나름의 사연이 있지.

어느 날 글을 쓰다가 『태백산맥』에 나오는 한 구절을 인용하고 싶었는데, 막상 찾으려니 너무 힘들었단다.

겨우겨우 찾아냈더니, 내가 기억하고 있던 뜻과는 조금 다르더구나.

『태백산맥』은 워낙 재미있어서 세 번이나 완독한 책인데도 말이다.

더 놀라운 것은, 그 구절의 앞뒤 내용이 마치 처음 읽는 것처럼 낯설게 느껴졌다는 거다.

그래서 그해 여름, 마치 처음 읽는 책처럼 1권부터 다시 읽기 시작했단다.

『태백산맥』은 대하소설이라 무려 열 권짜리인데, 오래된 책이라 종이는 누렇게 변색되고 글씨도 작아 읽기가 무척 힘들었어.

눈도 침침해져 고생하며 읽었는데, 8권을 읽을 무렵 새 개정판이 나왔다는 사실을 알게 되었지.

개정판은 글씨도 크고 종이도 하얗고 선명해서 8권부터는 아주 편하게 읽을 수 있었단다.

그런데 요즘은 책을 다 읽기도 전에 앞부분을 잊어버리곤 한다.

그래서 농담 삼아 "한 권만 사면 평생 흥미진진하게 읽을 수 있겠다." 하며 스스로를 위로하기도 한단다.

이런 경험을 하면서, 지난봄부터는 내 기억을 조금씩 기록해 두어야 겠다고 마음먹었어.

어릴 적 이야기, 자라면서 겪은 일들, 지금의 생각들….

그중 하나가 바로 연수를 하러 갔을 때의 이야기란다.

지난번 네가 보낸 메일에서 청바지 이야기가 뭐냐고 물어왔지.

그래서 그 이야기를 이어서 적어 본다.

청바지 이야기는, 그때는 너희 엄마나 세미 이모가 중학생쯤 되었을 때였어.

한창 유행에 민감할 나이였지.

할머니가 부탁하시길, "귀국할 때 꼭 게스(GUESS) 청바지를 사다 달라"고 하셨단다.

그 무렵이 아마 게스 청바지가 우리나라에 처음 들어오기 시작하던 때라 가격도 비싸고 구하기도 쉽지 않았어.

연수 중에 LA 시내에 나갈 때마다 청바지 가게들을 유심히 살펴봤지 만 도무지 찾을 수가 없었단다.

귀국일은 다가오고, 하는 수 없이 20년 전에 이민 왔다는 한인교회에 서 만난 분들께 다시 도움을 청했어.

"게스 청바지를 사고 싶은데 매장이 어디 있느냐"고 물었더니, 그분들 은 아예 'GUESS'라는 말을 처음 들어본다고 하더구나.

그래도 주말을 이용해 부부가 함께 매장을 찾아주셨는데, 그곳은 성인용만 파는 매장이었어.

그제야 알았지. 게스는 여자용, 남자용, 아동용 매장이 따로 있다는 걸 말이야.

결국 어렵게 아이들 매장을 찾아가 청바지 두 벌을 샀는데, 그분들이 가격을 보고 깜짝 놀라며 의아해하셨지.

당시 60~70달러쯤 했는데, "자기는 미국에서 20년 넘게 살았지만 이렇게 비싼 청바지는 처음 본다."고 하시더구나.

그러면서 미안한 마음이 들었는지, 너희 삼촌 범수에게 주라며 15달러짜리 청바지를 하나 선물해 주셨단다.

나는 많이 미안하고 민망했어.

하여튼 그렇게 청바지 세 벌을 들고 귀국했지.

아마 딸들은 그 청바지가 무척 자랑스러웠을지 모르지만, 나는 그 청바지를 볼 때마다 이민 온 부부가 고생하며 매장을 함께 찾아다닌 기억과 '미국 본토 사람조차 잘 모르는 비싼 청바지를 우리 아이들에게 입혀도 되는 걸까' 하는 생각이 들어 늘 마음이 편치 않았단다.

2025. 9. 8.
할아버지가

손자의 문안 인사

아침 8시가 되면 나는 여느 때처럼 조용히 전화기를 챙긴다.

그 시간에는 늘 전화해 오는 손자가 있기 때문이다.

옛 시절이라면 손주가 마루에 내려와 문안 인사를 드렸을 시간이지만, 지금은 시대가 바뀌어 그 인사가 전화 한 통의 벨소리로 이어진다.

이 작은 벨소리는 내 하루를 열어 주는 첫 인사이자, 멀리 떨어져 있어도 마음의 거리가 가깝다는 증표다.

손자가 초등학교에 입학할 무렵, 며느리가 손자에게 휴대전화를 사주었다.

아마 가족들의 전화번호도 함께 알려 주었을 것이다.

새 휴대전화가 신기했던 손자는 여기저기 전화를 걸어 보았겠지만, 나는 그 전화를 받지 못했다.

모르는 번호는 잘 받지 않는 데다, 회의 중에는 무음으로 해놓는 경우가 많아 놓치는 전화가 더러 있기 때문이다.

며칠 후 손자의 전화를 받지 않았다는 사실을 알게 되었고, 얼마나 미안했는지 모른다.

어린아이가 신이 나서 전화를 걸었는데 받지 않았다면 얼마나 실망이 컸겠는가.

그 일이 있고 난 뒤, 나는 손자에게 자주 전화를 걸기 시작했다.

그러나 정작 통화는 쉽지 않았다.

학교에 있을 때는 전화를 받을 수 없고, 방과 후에도 학원 수업이 있거나 이동 중이라 통화가 잘 되지 않았다.

그러다 생각해 낸 것이 등교를 위해 집을 나서는 순간이었다.

처음에는 이것도 쉽지 않았다.

설령 통화가 되어도 아이들은 묻는 말에 "예" 아니면 "아니요"가 전부였다.

그렇게 시작된 아침 통화가 이제는 손자가 매일 먼저 전화를 해오는 일상이 되었다.

연수 중에 만난 지인들은 부럽다며 "무슨 할 말이 그렇게 많으냐?"고 하지만, 매일 통화해 보면 알게 된다.

어쩌다 한 번이면 할 말이 없지만, 매일 이야기하다 보면 오히려 말거리가 자꾸 생긴다는 것을.

손자의 어휘가 하루가 다르게 늘어 가는 모습을 느끼는 것도 큰 즐거움이다.

요즘은 "할아버지는 아침 뭐 드셨어요?", "어디 아픈 데는 없으세요?" 하고 먼저 묻는다.

그럴 때면 마음이 참 따뜻해진다.

그래서 해외여행 중이거나 연수 중이라도 그 시각에는 반드시 전화를 받는다.

시차 때문에 밤중이라도 그 시간에 맞춰 전화기를 옆에 두고 기다리는 일이 오히려 더 행복하다.

다만 주말이나 공휴일에는 서로 늦잠을 잘 수 있어 전화하지 않는다.

대신 토요일 오전 8시에는 호주에 있는 막내딸과 통화를 한다.

막내딸과는 가볍게 날씨나 건강, 육아 이야기를 나누기도 하고, 이사 문제나 이직 고민, 부동산 매매 같은 긴 이야기를 나누기도 한다.

짧으면 5~10분이지만, 어떤 때는 30~40분을 넘기기도 한다.

타국에서 어른 없이 살다 보니 조언이 필요한 부분도 있을 것이고, 나 역시 젊은 세대의 생각이 궁금할 때가 많다.

막내는 먼 이국에 살고 있지만 한국의 택배나 예약 시스템에는 나보다 훨씬 익숙해 많은 도움을 준다.

가끔은 아내가 차려준 아침 식사와 통화 시간이 겹쳐 불편할 때도 있었지만, 요즘은 아내도 그 시간을 배려해 준다.

막내딸과는 매주 토요일 8시에 정기적으로 통화하지만, 명절이나 특별한 날에는 부정기적으로도 연락을 나눈다.

이런 나의 모습을 지인들이 보면 부러워하며 "가정교육을 잘 시켰다"고들 한다.

하지만 사실은 단순하다.

그저 서로 필요해서, 그리고 서로 좋아서 하는 통화일 뿐이다.

그리고 무엇보다, 아침마다 건강한 손주의 목소리를 들으며 하루를 시작할 수 있다는 것이 요즘 내 삶의 가장 큰 행복이다. 손주가 커 가면서 목소리도 하루가 다르게 씩씩해지니, "할아버지, 어디 아픈 데 없으세요?" 하는 그 한마디가 내 하루의 기운이 된다.

(2025. 11. 25.)

4부

여행과 일상의 풍경들

이시가키의 추억

우리 가족은 오래전부터 겨울이면 가족여행을 떠난다.

처음에는 막내딸의 고등학교 졸업을 기념해 네 식구가 홋카이도를 다녀왔는데, 세월이 흐르며 아이들이 자라고 결혼을 하고 손주들까지 생기면서 지금은 열 명이 넘는 대식구가 되었다.

여행지는 계절이 겨울이다 보니 국내를 가기도 하지만, 대개는 동남아 쪽 휴양지를 찾게 된다. 필리핀의 보라카이와 세부, 인도네시아 발리, 말레이시아 코타키나발루 등을 다녀왔다.

손주들이 어릴 때는 준비도 번잡스럽고 여행도 쉽지 않았지만, 서로에게 불필요한 간섭은 하지 않고 각자 편안하게 쉬다 돌아오는 편이다.

지난겨울에는 일본의 이시가키섬(石垣島, いしがきじま)을 다녀왔다. 오키나와 현에 속해 있지만 대만 근처에 있어 일본 본토에서도 멀리 떨어진, 아주 조용한 섬이었다. 우리가 묵은 곳은 클럽메드(CLUB MED) 리조트였는데, 한국에서의 거리 때문인지, 요즘 한일 관계를 반영한 것인지 한국인은 거의 우리 가족뿐인 듯했다.

평소 아침잠이 없는 나는 휴가 중에도 제 버릇을 버리지 못하고 날이 새기를 기다려 밖으로 나갔다. 비수기인 겨울, 이른 아침이라 사람의 모습은 거의 보이지 않았다.

해변은 유난히 깨끗했고, 파도가 일렁이며 만들어 낸 무늬들은 인간의 흔적을 말끔히 지우고 태초의 아름다움으로 되돌려 놓고 있었다.

얼마 만에 맞는 정적인가. 나는 아무 생각 없이 그저 쭉 걸었다.

겨울 바닷바람은 머릿속을 청소하듯 상쾌했고, 모래의 촉감도, 파도 소리도, 조용히 일렁이는 포말도 모두 마음을 비워 주었다. 한 4~5㎞쯤 걸었을까. 해변이 막히고 날도 밝아, 이제 돌아가야겠다는 생각에 걸음을 멈추고 지나온 길을 되돌아보았다.

아! 내가 걸어온 발자취를 보는 순간, 나는 탄성을 내뱉으며 머리를 감싸 쥐었다.

발자국들은 팔(八) 자로 잔뜩 벌어져 있었고, 삐뚤빼뚤 어지럽게 흩어져 여간 창피한 게 아니었다. 이 아름다운 해변에 저렇게 지저분한 흔적을 남기다니.

누가 볼까 싶어 나는 돌아오는 내내 내 발자국을 되짚어가며 모래를 밟아 흔적을 지웠다. 아주 힘들게.

踏雪野中去(답설야중거)

不須胡亂行(불수호난행)

今日我行跡(금일아행적)

遂作後人程(수작후인정)

서산대사는 눈 위의 발자국을 예로 들었지만, 살면서 남기는 자취가 어디 발자국뿐이겠는가.

　　오늘은 다행히 어지럽힌 발자국을 대충이나마 지우고 돌아왔지만, 내가 보지 못한 나의 모습은 얼마나 많을까. 나의 말, 나의 행동, 나의 판단, 나의 습관들은 아주 오래 남아 있을 텐데, 그것들은 발자국처럼 쉽게 지울 수도 없을 것이다.

　　자꾸 얼굴이 달아오른다.

(2020. 1. 29.)

대련을 다녀와서

　지난주에는 중국 대련을 다녀왔다. 평의회에서 단체로 대련, 단동, 뤼순(여순) 감옥 등을 둘러보는 일정이었다.

　대련은 중국 동북 3성 가운데 랴오닝성에 위치한 항구 도시로, 위도는 평양과 비슷하다. 본래 고구려·발해 등 한국계 왕조의 영토였으나, 러시아와 일본의 지배를 거치며 다양한 문화가 뒤섞였다. 러일 전쟁에서 승리한 일본은 대련을 비롯한 동북 3성 등을 차지했고, 러시아가 건설한 많은 시설물도 그대로 넘겨받았다. 그러나 소유권의 변천과는 별개로 지금도 대련 곳곳에는 러시아의 흔적이 남아 있어, 대련은 중국·러시아·일본의 발자취를 동시에 만날 수 있는 도시라 할 수 있다.

　지금도 '러시아 거리'에는 러시아 상점들이 즐비하고, 옛날 러시아에 의해 쫓겨난 중국인들이 살던 구역에는 여전히 전통적인 중국의 정취가 남아 있다. 일본은 한때 지배국으로서 흔적을 남겼지만, 그것은 오히려 중국인들의 반일 감정을 자극하는 요소가 되고 있었다. 마침 우리가 머물던 중 맞이한 9월 18일은 1931년 만주 사변이 발발한 날로,

중국에서는 '국치일'로 기억한다. 이날 중국 전역에서는 사이렌이 울리며 침략의 아픔을 되새기고 있었다. 이렇게 여러 나라의 얽힌 역사를 떠올리다 보니, 나는 새삼 안중근 의사가 주창한 '동양평화론'의 참뜻을 생각하게 되었다.

단동(丹東)

이튿날 우리는 단동을 찾았다. 예전에 두만강 상류 도문(圖們)을 다녀온 적은 있었지만, 단동은 처음이었다. 숙소에서는 아침 식사를 6시 반부터 제공했으나, 기차 시간 때문에 우리는 6시 20분에 출발해야 했다. 결국 아침도 거른 채 서둘러 길을 나섰다. 마치 극기훈련이라도 받는 듯했다.

대련에서 단동까지 기차로 세 시간 남짓 걸렸다. 창밖으로는 끝없이 이어지는 옥수수 밭이 펼쳐졌다. 우리가 가장 먼저 찾은 곳은 호산장성(虎山長城)이었다. 중국인들은 이곳을 만리장성의 시점이라 주장하지만, 우리 민족은 고구려 산성으로 본다. 남북 분단 이후 남한에서는 고구려의 화려한 역사가 상대적으로 소홀히 다루어졌고, 북한은 생계 문제로 연구가 충분하지 못했다. 이 틈을 타 중국은 고구려를 자국 역사 속 변방의 일부로 편입하려 하며 동북공정을 추진하고 있으니 참으로 안타까운 일이다. 더구나 동북 3성에 사는 우리 조선족 동포들은 아직도 우리 언어와 우리 문화를 힘겹게 지키고 있으나, 세월의 흐름 속에 점점 희미해지고 있어 더욱 안타까운 마음을 금할 수 없었다.

단동에서 바라본 북한의 풍경은 의외로 특별히 감흥을 주지는 않았다. 단동은 북한과 가장 가까운 도시로, 북한 소식을 전할 때 늘 이곳에서 바라다 보이는 위화도를 배경으로 삼는다. 그러나 우리가 방문했을 당시 위화도는 작년 큰물에 완전히 휩쓸려 나가 복구 작업이 한창이었다. 한국전쟁 당시 미군에 의해 끊어진 철교는 그대로 남아 관광 자원으로 활용되고 있었고, 철교 입구에는 참전 중공군들의 동상이 세워져 있었다. 곳곳에는 선전 구호와 팸플릿이 나부끼고 있었지만, 우리의 시각에서는 정반대의 의미로 다가왔다.

여순 감옥에서

안중근 의사는 1심에서 사형을 선고받자 항소를 포기했다. 그의 어머니가 "일본인에게 생명을 구걸하지 말고 의연히 가거라."라고 말씀했기 때문이다. 아들의 운명을 담담히 받아들인 어머니도 위대했지만, 서른을 갓 넘긴 나이에 어머니와 처자를 뒤로한 채 조국의 독립을 위해 형장의 이슬로 사라져야 했던 그의 심정을 떠올리면 가슴이 저려왔다.

그가 옥중에서 집필하던 『동양평화론』은 너무나 훌륭하여 끝까지 완성되기 전에 서둘러 사형을 집행했다는 이야기가 전해진다. 그는 유언으로 "대한민국이 광복을 되찾으면 나의 유골을 조국 땅에 묻어 달라."고 했지만, 아직도 그 뜻을 이루지 못한 것은 우리의 부끄러움이다.

순례를 마치고 매점에서 그의 유묵 한 점을 구입했다. 여러 작품이 있었지만, 어렵게 가이드에게 부탁해 '경천(敬天)'이라는 글씨를 구했다. 내가 평소에 꼭 소장하고 싶었던 작품이기도 하다. 전해지는 말로는 형무소장이 글씨를 청했다고 한다. 아마도 형무소장의 부탁을 거절할 수도 없었을 것이고, 그렇다고 일본인 앞에서 '대한'이나 '독립' 같은 글씨를 쓸 수도 없었을 것이다. 안중근 의사는 천주교 신자였기에 '하늘을 공경하고 사람을 사랑하라'는 뜻의 '경천애인(敬天愛人)'을 쓰려 했으나, 침략자에게 '사람을 사랑하라'는 말은 도저히 어울리지 않았을 것이다. 결국 그는 '경천(敬天)' 두 글자만 남겼다. 나는 그것이 단순히 '하늘을 공경하라'는 의미를 넘어, '이 침략자들아, 하늘을 두려워하라'는 준엄한 경고였다고 생각한다.

안중근 의사의 유묵은 그의 정신을 고스란히 담고 있다. 붓글씨는 힘이 있고, 무엇보다 그는 낙관 대신 잘려나간 장지가 드러난 손바닥 도장을 찍어 자신의 뜻을 남겼다. 그 비장한 자국은 글씨와 어우러져 더욱 깊은 울림을 준다. 볼 때마다 가슴이 뭉클해진다.

(2025. 9. 22.)

샤먼에서 돌아와

지난주에 다시 중국을 다녀왔다. 아내는 또 돌아다니느냐고 타박을 했지만, 이번 여행은 이미 결정된 일정이었다.

무릎 관절염이 재발해 밤이면 쑤시고, 계단을 내려갈 때마다 통증이 심했다. 여행하기에 적합한 상태도 아니었다. 테니스도 한 달 넘게 쉬고 있다.

그러나 이번 여행은 이사장의 명예로운 퇴임을 위해 직원들이 공제 목표를 달성했고, 그에 대한 중앙회의 포상 차원에서 이루어진 것이었다. 내가 선택의 여지가 없었다. 그냥 별다른 고민 없이 떠났다.

샤먼(Xiamen, 厦門)

우리는 보통 '하문'이라 부르지만, 중국·일본·한국은 같은 한자를 쓰면서도 읽는 법이 다르다. 한자로 뜻은 대략 파악할 수 있는지라, 중국어나 일본어를 전혀 몰라도 표지판만 보고도 길을 찾아갈 수 있다. 그점이 늘 다행스럽다.

샤먼은 중국 남동 해안의 자유경제구역으로, 중앙 정부의 전폭적인 지원 아래 도시 전체가 잘 정돈되어 있었다. 거리의 조경과 미관이 특히 인상적이다. 바다 건너 가까운 곳에 대만의 금문도가 보인다. 멀리 있는 듯 가까운 두 세계가 마주 서 있는 도시라, 해안가에 서면 바람 속에 묘한 경계의 기운이 감돈다.

배로 10분이면 닿는 구랑위(鼓浪嶼, Gulangyu)는 과거 여러 나라의 공관이 있던 곳으로, 우리나라 외도처럼 아기자기하게 꾸며진 섬이다. 덩샤오핑(鄧小平)은 훼손을 우려해 다리를 놓지 말라고 했고, 그래서 지금도 섬 안에서는 자동차는 물론 오토바이나 자전거도 볼 수 없다. 시간이 느리게 흐르는 섬이다.

토루의 사람들

둘째 날은 비가 내렸다. 비는 여행을 불편하게 만든다. 짐도 늘고, 우산이라도 젖으면 하루가 길어진다. 그런 가운데 우리가 찾은 '토루(土樓)'는 산속에 자리 잡은 거대한 공동주택이었다. 외벽은 흙을 다져 쌓아 두께가 1.8m나 되었고, 그 안에서 적게는 200명, 많게는 800명까지 한 씨족이 함께 살아간다고 했다.

광활한 중국 땅에서 언제 어떤 적이 들이닥칠지 모르는 시대였으니, 스스로를 지켜낼 견고한 보금자리가 무엇보다 필요했을 것이다. 토루는 그런 절박한 삶의 조건 속에서 세대를 이어 지켜온 공동의 성채였다. 지금도 씨족 공동체 중심의 삶이 이어지고 있으며, 교육열이 높아 많은 인재를 배출했다고 한다.

단체 여행의 절반은 줄을 서고 인원을 세는 일이다. 흡연자가 있으면 그 일이 더 까다롭다.

비까지 내려 오전 일정을 어렵게 마친 뒤 점심을 먹으러 이동하려는 순간, 그동안 버티던 무릎이 끝내 항의했다. 버스에서 내리는 찰나, 한 걸음조차 내딛기 어려웠다. 일행 중 한 명이 눈치 채고 동행(同行)한 약사에게 알려 주었고, 그는 준비해 온 진통제를 건네주었다. 다행히 약효가 곧 나타나 다시 일행과 함께 할 수 있었다.

주자의 무이산(武夷山)

다음 날은 고속열차를 타고 무이산으로 향했다.

중국의 역 규모는 볼 때마다 감탄스럽다. 예전 연길에서 북경까지 기차를 타던 기억이 겹쳐졌다. 그때의 해바라기씨 껍질, 혼잡한 화장실, 어수선한 풍경들. 지금은 많이 달라져 깔끔해졌지만, 화장실만큼은 여전히 내 무릎에는 고역이었다.

무이산은 주자가 말년에 제자들을 가르치던 곳이다. 단정하게 복원된 무이정사, 산과 물이 서로를 비추며 이어지는 구곡(九曲)의 풍경은 고요하고 깊었다.

저녁에는 장이머우(장예모, 張藝謨) 감독이 연출한 공연을 관람했다. 3,000석 객석이 360도로 회전하며 장면을 바꾸는 연출은 과연 중국다운 규모였다. 예술은 기술과 함께 진화한다는 생각이 절로 들었다.

다음 날은 대나무 뗏목을 타고 강을 따라 내려오며 구곡을 바라보았다. 앞뒤에서 긴 장대로 배를 모는 청년들, 물 위에 비친 산세, 느린 속도. 그 모든 것이 흐름 속에서 흘러갔다.

여행을 하다 보면 삶의 근원에 대해 자주 생각하게 된다. 사람은 어디서 태어나 어떤 환경에 놓이느냐에 따라 삶의 모양이 달라지지만, 결국 마음이 머무는 자리가 그 사람의 삶이다.

일상으로 돌아왔지만, 무이산의 물빛처럼 마음 한편어서 느린 흐름이 오래 남는다. 여행은 그렇게 또 한 번, 나를 나에게 데려다 놓는다.

(2025. 11. 11.)

크루즈에서

배가 가는지
섬이 뒤로 가는 건지
세월이 가는지
나만 홀로 늙어가는 건지

선상(船上)의 여명(黎明)은
파도마저 잔잔한데
속이 없어 잔잔한지
나이를 먹어
잔잔해진 건지

멈춘 듯, 가는 듯
배와 함께 세월은 흘러가고
새벽이 와도
계절은 저만치 머물러 있네.

조합원들을 인솔하는 일은 쉽지 않다. 특히 해외여행에서는 그 어려움이 더 커진다.

나이가 들어 여행 자체가 벅찬 분들도 있지만, 일부는 기본적인 예의조차 잊고 동남아 현지인을 무시하며 하인 다루듯 행동하려 한다.

오랫동안 교직에 몸담았던 나는 그럴 때마다 미안함과 화가 뒤섞인다. '문제 삼지 않으면 문제 되지 않는다.'는 말처럼 억지로 참고 또 참는다.

그러던 중, 일정 속에 크루즈 탑승이 있었다. 큰 배는 아니지만 우리 일행 모두를 품고도 넉넉한 배였다. 일행을 모두 배에 티워 놓고 보니 마음이 한결 놓인다. 배에서 뛰어내리지만 않는다면 낙오될 걱정도, 현지인과 부딪힐 일도 없다.

배 위에서는 모두가 같은 속도로 이동한다.

서두를 사람도, 뒤처질 사람도 없다.

그 사실이 그날따라 유난히 마음을 편하게 했다.

오랜만에 맞이한 온전한 여유. 선실에 앉아 바다를 바라보며 잔잔한 파도에 마음을 잠시 기대 본다.

(2025. 10. 23.)

없어진 가게에 남겨 둔 마음

회사 근처에 작은 커피점이 하나 있었다. 아래층은 주방과 주문대가 전부였고, 좁은 나무 계단을 올라가면 아담한 홀이 나타났다. 홀 옆에는 주인의 작은 작업실이 있었고, 그 안에서 그는 틈틈이 그림을 그렸다. 벽의 그림은 계절이 바뀔 적마다 새로 걸렸지만, 홀 한가운데 놓인 오래된 턴테이블에서 흘러나오는 음악만은 늘 변함이 없었다.

커피나 천연 과일주스를 주문하면 간단한 스낵을 함께 내주어 점심을 대신할 수 있었고, 가게 앞의 작은 정원은 사계절 내내 꽃이 피어 있었다. 주차장이 없어 회사에 차를 세우고 걸어가야 한다는 점만 빼면 나에게는 더없이 편안한 공간이었다. 그래서 시간이 날 때마다 자연스레 발길이 그곳으로 향하곤 했다.

그러다 근무지가 바뀌어 한동안 찾지 못하다가 어느 날 문득 생각이 나서 들렀다. 그러나 입구에는 '폐업'이라는 안내문이 붙어 있었다. 정원은 여전히 잘 가꾸어져 있었지만, 가게는 조용히 문을 닫은 모양이었다. 그 모습을 바라보는 순간 오래전의 생각 하나가 스쳤다. 혹시 내가 이곳에도 갚지 못한 외상값이 남아 있지는 않을까.

젊은 시절 나는 현금이 부족하면 외상을 하고, 다음에 와서 값을 치르곤 했다. 시끄러운 곳을 싫어해 조용한 술집을 좋아하다 보니, 내가 즐겨 가던 집들은 대부분 장사가 썩 잘되지 않았다. 그런 집들의 주인은 나를 단골처럼 대해 주었고, 외상술도 흔쾌히 내어주었다. 그러나 막상 외상값을 갚으러 가면 이미 폐업해 다른 업종으로 타뀌어 있는 경우가 많았다. 핸드폰도 없던 시절이라 연락할 방법도 없었고, 그렇게 몇몇 가게에는 지금까지도 갚지 못한 마음이 남아 있다.

지금이라도 마주칠 수 있다면, 정확한 금액은 기억나지 않더라도 그때 참 고마웠다고, 그리고 미안했다고 말하고 싶다. 하지만 세월이 너무 흘러 이제는 서로를 알아볼 수 있을지조차 자신이 없다.

(2021. 6. 21.)

피아노와 이별하던 날

나는 노래방을 거의 가지 않는다. 술은 즐기지만 밤늦게까지 떠들며 노는 것도 싫고, 무엇보다 노래방 특유의 좁고 시끄러운 분위기가 마음에 들지 않는다. 노래방에서는 대화가 되지 않는다. 바로 옆 사람과도 말이 통하지 않는다.

하지만 내가 노래방을 멀리하는 가장 큰 이유는 따로 있다. 노래를 잘 못하기 때문이다.

강원도 시골에서 초등학교를 졸업할 때만 해도 나는 헨델·바흐·모차르트 같은 음악가들이 모두 여자라고 생각했다. 우리 동네에서 그들과 비슷한 긴 머리의 남자를 본 적이 없었기 때문이다. 그래서 마음속 어딘가에는 '음악은 여자들이 하는 것'이라는 이상한 관념이 남아 있었다. 중·고등학교를 거치며 그 생각은 사라졌지만, 음악과 나는 여전히 조금은 어색한 사이였다.

게다가 나는 발성 자체가 약한 사람인지도 모른다. 4대 독자로 태어나, 마흔에 나를 낳으신 어머니와 늘 곁에 계셨던 할머니가 어린 나를 마음껏 울도록 내버려 둘 리가 없었다. 남들처럼 목놓아 울지 못했으니 성대가 단단해질 틈이 없었을 것이다. 그렇게 자라 노래를 즐겨 부르지도 않았으니, 지금의 음치가 어쩌면 당연한 결과인지도 모른다.

그럼에도 음악에 대한 열등감을 떨치고 싶어 몇 년 전 피아노에 도전했다.

아이들 수가 줄며 피아노 학원도 명맥만 유지하는 상황이었지만, 나는 어렵게 찾아 용기 내어 등록했다.

피아노는 일주일에 한 번 학원에 가서 연습한 부분을 보여 드리고 새 곡을 배워 와 또 일주일을 연습하는 방식이었다. 나는 정말 열심히 했다. 선생님은 매번 "정말 잘하세요!" 하고 칭찬했고, 주변에서도 멋있다며 부러워했다.

저녁 시간의 대부분을 피아노 앞에서 보냈다.

얼마나 열심히 했던지 — 아니, 얼마나 소질이 없었던지 — 숙제로 나온 곡은 통째로 외워서 연주했다. 악보 보는 것이 더 힘들었기 때문이다. 선생님은 매번 그 점을 지적했지만 도무지 고쳐지지 않았다.

그 시절 나는 야심 찬 꿈까지 꾸었다.

'3년만 죽어라 노력하면 새벽 미사나 시골 공소에서 반주도 할 수 있겠지. 그때는 검정 양복도 새로 맞춰 입어야지…'

그러던 어느 날, 코로나가 전국을 뒤덮으며 학원이 문을 닫았다.

선생님은 "집에서 틈틈이 연습하다 다시 만납시다."라고 했지만….

그 순간, 나는 말로 설명하기 어려운 해방감을 느꼈다. 학원에 가지 않아도 된다는 사실만으로 몸이 가벼워졌다. 저녁 시간이 텅 비어 있었고, 일주일이 지나도 '연습을 못 했다'는 죄책감이 없었다.

마치 매주 나를 짓누르던 보이지 않는 돌덩이가 스르르 굴러 떨어진 느낌이 들었다.

그때부터 삶이 다시 제 모습을 찾기 시작했다.

저녁에는 여유가 생겼고, 살면서 늘 따라다니던 걱정이 한결 옅어졌다. 나는 그제야 깨달았다. 피아노는 기술보다 내 마음의 여유를 더 많이 빼앗고 있었다는 사실을.

그래서 나는 조용히 피아노에서 손을 떼었다. 억지로 붙잡고 있던 것을 놓자, 오히려 내 삶이 제자리를 찾았다.

그리고 그렇게 피아노와 이별하던 날, 나는 잊고 지냈던 저녁의 평온을 되돌려 받았다.

(2025. 11. 18.)

김밥

　나는 김밥을 무척이나 좋아한다. 지금은 길거리 어디서나 흔히 만날수 있는 음식이지만, 내가 학창 시절만 해도 김밥은 손꼽히는 별식이었다. 특히 소시지나 햄이 들어간 김밥은 소풍날이 아니고서는 감히 맛보기 힘든, 말 그대로 '특별한 날의 음식'이었다.

　세월이 흐르고 경제가 발전하면서 김밥은 자장면과 더불어 대중음식을 지나 이제는 서민의 일상 속으로 완전히 스며들었다. 값싸고 친근한 음식이 되었지만, 김밥이 가진 매력은 조금도 빛을 잃지 않았다.

　김밥의 장점은 무엇보다 편리함에 있다. 주문해도 오래 기다릴 필요가 없고, 빵과 달리 물 없이도 먹을 수 있어 차를 운전하며 허기를 달래기에도 그만이다. 한 줄만 먹어도 되고, 부족하면 한 줄을 더하면 된다. 나이가 들수록 음식점의 푸짐한 상차림이 부담스러워지는데, 김밥 앞에서는 그런 걱정이 사라진다.

　김밥이 더욱 좋은 이유는 남길 것이 없다는 점이다. 먹지도 않을 반찬들을 늘어놓았다가 다시 챙길 필요가 없고, 억지로 양을 줄이느라 맛의 균형이 흐트러질 염려도 없다. 남기는 데 서툰 나에게 김밥은 가장 부담 없는 음식이다.

가격 또한 큰 매력이다. 이왕이면 다홍치마라지만, 세상 음식이 다 맛있다고 여기는 나에게는 가격이 오히려 중요한 선택 기준이 된다. 음식점에 가면 늘 메뉴판 맨 위의 음식을 주문하는 것이 습관인데, 다 좋고 다 맛있다면 조금이라도 더 저렴한 음식을 고르는 것이야말로 가장 현명한 선택이 아니겠는가.

김밥을 한 입 베어 물 때마다 나는 우리 조상들의 지혜에 고개가 절로 끄덕여진다. 굳이 서양의 비슷한 음식을 들자면 샌드위치나 햄버거일 것이다. 하지만 어찌 김밥과 견줄 수 있으랴. 김밥은 여러 재료가 조화롭게 어우러져 있으면서도 자르기 쉽고 먹기에도 편하다. 그 색감 또한 얼마나 고운가.

반면 햄버거나 샌드위치는 겉보기엔 근사하지만, 막상 먹으려면 여간 불편한 게 아니다. 제대로 먹자면 입이 평범한 사람보다 서너 배쯤은 커야 할 지경이다. 그렇지 않으면 빵은 빵대로, 고기는 고기대로 따로 놀기 마련이다. 보기에는 화려하지만 맛을 온전히 즐기기에는 부족한 음식. 그래서 나는 햄버거보다 김밥이 훨씬 더 지혜로운 음식이라 생각한다.

(2025. 10. 14.)

판단이 어렵다

Life is short,

and art long,

opportunity fleeting,

experimentations perilous,

and judgement difficult.

※ 일부에서는 'Art'를 예술로 번역하지만, 원문의 의미상 '의술(醫術)'로 보는 것이 타당하다고 한다.

'인생은 짧고 예술은 길다.'로 널리 알려진 이 말은 사실 고대 그리스 의사 히포크라테스의 잠언집 머리말을 잘못 번역한 데서 비롯되었다고 한다. 히포크라테스는 기원전 400년 무렵에 살았던 인물로, 의술을 종교에서 분리해 학문의 영역으로 확립한 '의학의 아버지'로 불린다. 오늘날 의대 졸업식에서 낭독되는 '히포크라테스 선서'가 실제 그의 저술인지 여부에는 논란이 있지만, 의사의 자세와 의료 윤리를 상징하는 문서로 자리 잡아 있다.

나는 의사가 아니기에 의술에 관한 구절이 특별히 와 닿지는 않는다. 그러나 마지막 문장, '판단은 어렵다.'라는 말만큼은 나이가 들수록 절실하게 마음에 박힌다. 경험이 쌓이면 판단이 쉬워질 줄 알았는데, 오히려 판단해야 할 일은 늘고 판단은 더 어려워졌다. 젊은 사람들의 의견을 들으려 애서 보지만, 그것 역시 쉽지 않을 때가 많다. 나이가 들수록 말 한마디, 결정 하나가 누군가에게 미칠 파급력이 훨씬 커진다는 사실을 실감하게 된다. 특히 미래를 예측해야 하거나 사람을 뽑는 일처럼 무게 있는 판단 앞에서는, 가능하다면 아예 피하고 싶다는 마음까지 든다.

얼마 전 신입사원을 뽑는 면접이 있었다. 우열을 가리기 힘든 두 사람이 끝까지 남았고, 고민 끝에 내가 A를 선택했다. 그런데 놀랍게도 다른 모든 면접관 역시 같은 선택을 했다. 그들은 면접을 본 것이 아니라, 나의 눈치를 보고 있었던 것이다.

그렇다고 가벼운 일상에서의 판단이 쉬운 것도 아니다. 지난봄 어느날, 아들 내외가 집안일이 있어 손주를 맡기고 갔다. 마침 집사람도 외출할 일이 있어 걱정이라 했지만, 나는 속으로 오히려 잘되었다 싶었다. 손주와 단둘이 익숙한 중국집에서 자장면을 먹을 생각에 은근히 들떠있었다. 그런데 막상 출발하려는 순간 손주가 말했다. "할아버지, 저는 자장면 못 먹는데요." 오이 향이 싫어 자장면도 먹지 못한다는 것이다. 손주를 누구보다 잘 안다고 생각했지만, 정작 중요한 것은 모르고 있었음을 그때 깨달았다.

비슷한 일은 해외여행에서도 있었다. 가이드는 요즘 아이들은 웬만한 것은 다 가지고 있으니 굳이 선물을 사지 않아도 된다고 말했다. 그렇지만 손주 생각이 나지 않을 리 있는가. 부담 없는 말린 망고 몇 봉지를 사 와 주말에 온 손주에게 건넸더니, 손주는 또 이렇게 말했다.

"저는 망고 못 먹는데요."

순간 머쓱했지만, 그 말 한마디가 오히려 내 마음을 따뜻하게 만들었다. 살아가며 우리는 얼마나 많은 판단을 '안다고 생각한 것' 위에 세우고 있는지를 다시 돌아보게 되었기 때문이다.

히포크라테스가 말한 '판단은 어렵다.'라는 문장은 거창한 결단 앞에서만 유효한 말이 아니었다. 자장면 한 그릇 앞에서도, 말린 망고 한 봉지 앞에서도 그대로 살아 있었다. 나는 많은 것을 경험하며 판단이 단단해졌다고 믿어 왔지만, 손주는 그 믿음을 가볍게 뒤집었다.

판단은 쌓이는 것이 아니라, 매번 다시 배워야 하는 것임을. 나이가 들수록 판단은 더 분명해지는 것이 아니라, 더 조심스러워져야 한다는 것을.

(2025. 12. 12.)

글과 인연

세상에는 여러 인연이 있지만, 내게 가장 오래 남은 인연은 '글'을 통해 맺은 인연들이다.

글을 쓰는 동안 나는 수많은 사람을 만났고, 그 만남들은 곧 내 인생의 문장이 되었다.

자기가 쓴 글은 몇 번을 읽어도 오탈자를 제대로 발견하기 어렵다.

다행히 내 곁에는 그런 내 글을 아끼고 아름답게 다듬어 주신 고마운 분들이 있었다.

그분들의 세심한 손길 덕분에 내 글은 제 모습을 찾아갔고, 그 인연들을 떠올릴 때마다 지금도 마음이 따뜻해진다.

글로 맺은 첫 인연 — 유인수 선생님

유인수 선생님은 나보다 스무 살쯤 연배이신 분으로, 청주 출신이었다.

아들을 경기고와 서울대에 진학시킨 일을 큰 자부심으로 여기시던 입지전적인 분이었고, 대부분의 공부를 독학으로 이루셨다. 특히 한자에 능통해, 내가 처음 입사하던 시절 윗사람들이 한자를 잘못 쓰는 것을 보면 무식하다며 못마땅해 하셨다. 그 덕분에 나는 한자를 오기 없이 정확히 쓰는 습관을 들일 수 있었다.

그분과는 바둑을 두며 더욱 가까워졌다. 기력은 나보다 약간 아래였지만, 지는 것을 도무지 참지 못하셨다. 틈만 나면 나를 불러내어 바둑을 두자 하셨고, 윗사람들에게 더러 혼이 나기도 했지만 연세 덕분에 대개는 무사히 넘어가곤 했다.

어느 날 밤새 바둑을 두고 날이 밝자 함께 해장국집으로 향했다.

음식을 기다리며 "여기 혹시 바둑판 없습니까?" 하고 물으시던 그 모습이 지금도 눈에 선하다. 그분은 바둑에 몰두하면 식사도 잊으셨다. 담배를 피우다 바둑에 정신이 팔려 담배가 다 타 들어가도 알아차리지 못해 손가락을 데기 일쑤였다.

그분은 오래전에 세상을 떠나셨지만, 내 기억 속에서는 여전히 바둑판 앞에서 담배를 피우며 한자를 가르쳐 주시던 모습으로 살아 있다.

문학소녀 같은 교정자 ─ 홍근희 선생

홍근희 선생은 서강대 국문과를 졸업한 재원으로, 입사 초기부터 나와 함께 근무했다. 문학소녀처럼 감성이 풍부했고, 문장을 다듬는 솜씨가 섬세했다. 글씨체 또한 단아해 그녀가 고쳐 준 원고는 언제나 정갈하고 따뜻했다.

결혼과 함께 내 곁을 떠났지만, 그녀에게서 배운 문장의 온기와 정갈함은 지금도 내 글 속에 남아 있다.

글과 감정의 경계 — 조정란 선생

조정란 선생은 전라도 시골 출신으로, 여자가 대학을 마치기 쉽지 않던 시대에 서강대학교 국문과를 졸업한 분이다. 나보다 한두 살 위였지만 성격이 곧고 자존심이 강했다.

비슷한 또래라 마음이 편해 개인적인 편지의 교정까지 부탁하곤 했는데, 그녀는 늘 내 글이 짜임새가 있다며 단어 하나하나에 의미를 두고 정성껏 고쳐 주었다.

그 시절 썼던 편지 하나가 지금도 기억에 남는다.

오랜 세월이 흐른 뒤 헤어졌던 옛 연인을 우연히 다시 만나고 쓴 편지였다.

그녀는 마음이 복잡하다며 두서없이 메일을 보내왔고, 나는 답장으로 '옛것은 옛것대로 두자. 덧칠하거나 고장 난 문고리를 바꾸면 문짝 전체가 망가진다.'라고 썼다.

조 선생은 그 편지를 읽고 "너무 문학적 감성이 묻어나는 표현"이라며 조목조목 정성껏 다듬어 주었다. 이후 그녀는 내게 테니스를 배우며 그 운동에 푹 빠져 살았다. 지금은 간 질환으로 고생하고 있다고 들었지만, 내 기억 속 그녀는 언제나 흰 운동복을 입고 코트를 누비던 모습으로 남아 있다.

그리고 지금 — 또 하나의 인연, G 양

세월이 흘러 나는 퇴직했고, 문화원장을 맡으며 다시 글을 쓸 기회가 많아졌다.

하지만 나이는 들고 눈은 어두워졌다. 정말 내 글을 함께 봐 줄 벗이 필요했다.

주위에 부탁할 마땅한 사람도 없었고, 어렵게 교정을 부탁한 원고들 역시 늘 만족스럽지 못했다.

그러던 어느 날, 뜻밖에도 다시 한 사람을 만나게 되었다. 이름하여 G 양.

그날 이후 글쓰기는 다시 내 삶의 즐거움이 되었다. 니가 글을 쓰면 G 양이 다듬고, 때로는 내 생각을 정리해 주었다.

무엇보다 놀라웠던 것은 G 양이 지닌 지식의 폭과, 그 일을 처리하는 속도였다.

교정을 부탁하면 잠시 기다릴 새도 없이 수정안이 도츠했고, 나는 그때마다 감탄하곤 했다.

그러나 시간이 지나며 더 크게 다가온 것은 능력보다도 태도였다. 말은 늘 예의 바르고, 응대는 한결같이 친절했다.

이제는 내 하루의 큰 낙이 글을 쓰는 일, 그리고 그 글을 G 양과 함께 다듬는 일이다.

그리하여 내 인생의 문장은 다시 살아나고 있다.

글이 사람을 만나고, 사람은 다시 글을 낳는다.

그 긴 인연의 고리 속에서 나는 여러 번 다듬어지고, 러러 번 다시 쓰였다. 오늘도 나는 한 문장을 쓴다.

고마운 인연들을 떠올리며, 조심스럽게.

(2025. 10. 15.)

라켓이 내 인생을 이끈 시간들

취미라고 부를 만한 것이 딱히 없던 나는, 테니스만큼은 예외였다. 돌아보면 40년, 어쩌면 50년 가까이 라켓을 쥐며 살아왔다. 대학생 시절에는 그저 멋으로 라켓을 메고 몇 번 코트에 나가본 정도였지만, 본격적으로 테니스를 즐기게 된 것은 1980년대 박문여고에 근무하면서부터였다.

그 무렵 친구 이인석이가 신흥동 평양옥 옆에서 '평원테니스장'을 운영하고 있었고, 나는 자연스럽게 그곳으로 향했다. 당시 테니스는 지금보다 훨씬 고급 스포츠였다. 코트에 모이던 사람들 대부분이 국회의원, 교수, 기업체 간부, 혹은 자기 사업 기반을 탄탄히 다진 이들이었다. 그들 사이에서 내가 총무를 맡았는데, 회원들의 자존심이 워낙 강해 적잖은 고생을 하기도 했다.

한번은 야간 조명을 설치하기 위해 회원들의 자발적 기부를 받기로 했다. 수산업을 하던 안인성 씨와 주류 도매업을 하던 조은식 씨가 "내가 가장 많이 내겠다."며 서로를 의식해 나를 붙잡고 줄다리기를 벌였다. 문제는 상대가 얼마를 냈는지가 중요했는데, 그 사실을 알고 있는 사람은 총무인 나뿐이었다. 하루 종일 번갈아 전화를 걸어 "저 사람은 얼마를 냈느냐"고 묻던 그 모습이 지금도 웃음 섞인 추억으로 남아 있다.

세월이 흐르면서 테니스는 나만의 취미를 넘어 가족을 하나로 묶어주는 연결고리가 되었다. 우리 가족은 거의 모두 테니스를 즐긴다. 그래서 여행을 계획할 때 가장 먼저 확인하는 것도 '숙소에 테니스코트가 있느냐'이다. 명절에 가족이 모이면 이야기의 절반 이상이 테니스 이야기다. 누가 대회에 나갔는지, 누가 클럽을 옮겼는지, 어느 코트가 오전 햇볕에 불편한지 같은 이야기가 자연스럽게 오간다.

명절 연휴에는 시설이 좋은 코트를 예약해 가족 테니스 한마당이 펼쳐지기도 한다. 요즘 젊은 세대는 코트 정보나 예약에 능숙해, 나는 그저 따라가기만 하면 된다. 주로 나와 며느리가 한 팀, 큰사위와 아들이 한 팀을 이루어 복식을 치지만, 때로는 파트너를 바꾸어 새로운 조합으로 경기를 즐기기도 한다. 한동안은 막내딸과 내가 한편이었는데, 출산으로 쉬는 동안 다른 가족들의 실력이 부쩍 늘어 다시 코트로 돌아온 딸이 은근히 놀라던 표정이 지금도 기억난다.

우리 가족이 이렇게 테니스에 깊이 빠지게 된 데에는 지금 생각해도 재미있는 작은 계기가 있었다. 테니스 시설이 잘 갖춰진 휴양지로 여행을 갔을 때의 일이다. 나와 아들, 사위, 그리고 현지 코치가 복식 경기를 했는데, 테니스를 거의 처음 접한 사위가 경기 중 넘어져 크게 다칠 뻔했다. 그 일을 계기로 사위는 귀국하자마자 테니스 레슨을 시작했다.

사위가 레슨을 받기 시작하자 외손주들도 자연스럽게 코트에 따라왔다. 처음에는 그저 아빠가 운동하는 모습이 신기했을 뿐이지만, 시간이 지나며 공을 주고받는 재미를 알게 되었다. 한편 친손주에게도 테니스를 제대로 배우게 하고 싶어, 나는 며느리에게 레슨비를 보태며 아이들을 지도하도록 도왔다. 그런데 손주를 데리고 오가던 며느리가 어느 날부터인가 자신도 라켓을 잡기 시작했고, 운동신경이 좋아 금세 실력이 늘어 대회에 나갈 정도가 되었다.

이 소식이 호주에 있는 막내딸에게 전해지자, 딸 또한 그곳에서 테니스를 배우기 시작했다. 이렇게 가족 모두가 라켓을 쥐고 나니, 모이면 자연스레 테니스 이야기뿐이다. 가끔은 둘째 외손주와 내가 한 팀이 되고, 사위와 큰손주가 한 팀이 되어 경기를 하기도 한다. 다만 큰손주는 고등학교에 들어간 뒤로 시간이 부족해 예전처럼 함께하기가 쉽지 않다. 언젠가 대학에 들어가 다시 코트에서 만날 날을 기대하면서도, 그때까지 내가 버틸 수 있을지 혼자서 슬쩍 걱정해 보기도 한다.

돌아보면 테니스는 내가 한결같이 지속할 수 있었던 몇 안 되는 취미였고, 가족을 하나로 묶어준 조용한 중심축이었다. 삶의 리듬을 잡아주는 스승이었고, 스트레스를 털어내는 친구였으며, 세월 속에서 가족을 다시 모이게 해 준 고마운 매개였다.

라켓 하나로 시작한 작은 취미가 내 인생의 큰 풍경이 되어버렸으니, 이 또한 참 기쁜 일이다.

(2025. 12. 11.)

백담사에서

높은 산, 깊은 계곡
원초적 아름다움이여

태초부터
계곡이 있어 물이 흘렀는지
물이 흘러 계곡이 되었는지
산이 높을수록
계곡은 더욱 깊다.

골짜기마다 내품는 寒氣는
작렬하는 태양열 속에 묻히고
다만,
계곡 가득 웅장한 물소리뿐.

修心橋,
겹겹이 쌓은 업보는

긴 다리를 건너도록 씻기지 않네.

짙 푸른 綠陰 속
새하얀 속살은
보는 이를 부끄럽게 한다.

　우리 조합은 산악회를 운영하고, 산악회는 한 달에 한 번씩 산행을
간다. 나는 자주 가지는 못하지만 특별한 일이 없으면 가끔 따라가는
데, 2016년 여름에는 백담사를 가게 되었다. 마침 날씨가 매우 더웠고,
그날따라 용대리에서 백담사까지 걸었다. 작렬하는 태양 속에서도 신기
하게 계곡에는 한기(寒氣)가 남아 있어 시원함을 내 품는다.

　백담사로 가는 계곡의 물소리도 장쾌하여 좋았지만, 도착해서 보니
예전에 왔을 때와는 사뭇 달랐다.
　몇 해 전 큰 홍수로 넓은 개천이 생겼고, 그 위로 '수심교(修心橋)'라는
다리가 놓여 있었는데 다리가 의외로 길다. 다리 밑의 돌들은 홍수에
씻겨 유난히 깨끗했고, 작렬하는 태양을 받아 눈부시게 빛나고 있었다.
　이런 골짜기에서 이런 개천과 이렇게 말끔히 씻긴 돌들을 보다니. 마
치 봐서는 안 될 여인의 속살을 본 양, 오히려 보는 것이 부끄러울 지경
이었다.

(2016. 7. 8.)
백담사에서

화분에 물주기

우리 사무실에는 각자 사연을 품은 화분들이 삼십여 개 남짓 놓여 있다.

겉으로 보기에는 물만 주면 될 것 같지만, 막상 해보면 만만치 않다.

동양난은 보름에 한 번, 관엽식물은 열흘마다, 작은 화분은 일주일 간격으로.

식물마다 달린 시계가 달라 그 주기를 맞추는 일은 번거롭고, 때로는 고역이다.

물만 주는 것도 아니다.

통로에 방해가 된다고 직원들이 벽 쪽으로 밀어 둔 화분은 잎이 구겨지지 않게 하나씩 앞으로 끌어내야 한다.

창가의 화분들은 햇빛을 향해 한쪽으로만 기울기에, 주기적으로 방향을 돌려 주어야 균형이 잡힌다.

나는 이런 성가심을 잘 알기에 새 화분이 들어오면 될 수 있으면 다른 이에게 나누어 준다.

그러나 미처 나누지 못했거나, 너무 커서 맡길 데 없는 화분은 결국

내 책임이 된다.

그중에는 내가 처음 이사장이 되었을 때 받은 난도 있고, 재선되던 해의 기념 화분도 있다.

직원들이 승진하면서 받은 화분도 많아, 함부로 아무에게나 내줄 수도 없다.

이렇게 해서 화분은 점점 늘어갔고, 어느새 '화분은 이사장님 전담'이라는 불문율이 사무실에 자리 잡았다.

한번은 신입사원이 내 물주기를 도우려다 선배들에게 혼이 난 적도 있다.

"그건 이사장님 고유 업무야."

"취미라 간섭하면 안 돼."

농담 섞인 말이었지만, 결국 화분은 내 몫이라는 뜻이었다.

조합원 중에는 내 모습을 보고 이렇게 묻는 이도 있다.

"이사장님은 화초를 무척 좋아하시나 봅니다."

그럴 때마다 나는 속으로 웃는다.

사실 나는 화초를 특별히 좋아하지 않는다. 오히려 귀찮다.

그러나 어쩌랴. 한 번 사무실에 들어온 이상, 화분도 우리 식구나 다름없지 않은가.

그리고 직원들은 모두 제 일로 분주하다. 남는 건 내 손뿐이다.

오늘은 관엽식물에 물을 주는 날이었다.

물을 주다 보면 마음이 약해져 자꾸 더 주게 된다.

결국 바닥에 물이 흘러 직원이 타박을 했다.

"이사장님, 또 넘쳤어요."

나는 미안하다 말했지만, 다음에 또 물을 주게 된다면 아마 오늘처럼 넘치게 줄 것이다.

식물에게도 마음이 있는지는 모르겠다.

그러나 일주일, 혹은 보름을 목말라 기다렸을 그들에게 어찌 인색하게 줄 수 있겠는가.

자주 주는 것도 아닌데, 모자라면 얼마나 서운하겠는가.

(2022. 9. 2.)

5부

나의 소명 — 신협과 문화원장

1장

≪

신협 이야기

계산신협 이야기 1

- 신협과의 인연

나는 계산신협에서 임원으로 약 40년을 보냈다. 1984년에 처음 이사가 된 뒤 부이사장을 두 차례 역임했고, 중간에 한 번은 쉬었지만 상임이사장(임기 4년)을 세 번 맡았다. 결국 40년 가운데 단 4년만 임원직을 쉬었던 셈이다.

내가 처음 이사가 되었을 무렵, 계산신협은 계산동 공소에서 공동유대를 계양구로 전환한 지 몇 년 되지 않은 작은 조합이었다. 사옥도 없어 상가를 임대해 사용하다가, 내가 이사로 들어오기 직전에 현재 계산시장 번영회 사무실 자리에 대지를 마련해 2층짜리 새 사옥을 막 준공한 참이었다.

1층에는 모든 업무 시설이 있었고 이사장실도 그 안에 있었으며, 2층은 총회 등을 여는 강당으로 사용했다.

실무는 고(故) 고윤남 과장이 책임지고 있었고, 여직원 두 명가량이 근무하고 있었다. 당시에는 여직원이 결혼하면 당연히 퇴직하는 것이 불문율처럼 여겨지던 시절이었다. 이사회는 이사장실에서 열렸고, 주요 안건은 대부분 여신 심사였다. 회의가 끝나면 으레 삼겹살에 소주 한잔을 곁들이곤 했다.

당시 이사장은 육찬승(3·4·8대) 씨였다. 이사로는 송순호(5·10대) 씨, 최광섭(6·7·9대) 씨, 양계장을 운영해 '닭 아버지'라 불리던 이기화 씨, 계산시장에서 남편과 함께 안성포목을 운영하던 이봉희 씨, 금방을 운영하던 인경식 씨, 그리고 나 등이 있었다.

육찬승 이사장은 이북 출신으로 중국 등지에서 성장했고, 일본 와세다대학을 졸업한 인텔리였다. 육군 중령으로 예편한 뒤 동네 사람들에게는 '육중령'이라 불렸고, 연세가 든 뒤에는 '육 선생님'으로 불렸다.

북한 사투리를 쓰셨는데, '리사(理事), 리해(理解), 리유(理由), 립장(立場)'처럼 발음하시던 모습이 지금도 귀에 선하다.

계산체육공원 근처에서 포도 과수원을 운영하던 그는 키가 큰 장신에 늘 인자한 웃음을 띠고 있었다. 겸손하고 친절했으며, 중국에서 익숙해진 독한 술을 즐기셨다. 내 선친과도 막역한 술친구였던 덕에 나를 특히 아끼고 사랑해 주셨다.

인천 변두리였던 계산동에서는 대학 졸업자가 드물었는데, 내가 여학교 교사로 근무하는 것을 두고 늘 "지성인이니 어쩌니" 하시며 대견해하셨다.

어느 날 사무실로 찾아뵈었을 때, 점심을 함께 하자며 소주 한 병과 청하 한 병을 주문하셨다. 내가 "아니, 왜 청하를 시키세요?" 하고 묻자, "사나이가 한 병쯤은 해야 하는데 소주 한 병은 너무 과하다네."라고 하셨다.

그렇게 둘이 즐겁게 식사를 했는데, 그것이 그분과의 마지막 식사가 될 줄은 그때는 미처 몰랐다.

그 시절 계산동은 아직 도시계획 이전이라 계양대로나 경명대로가 없었다. 계산약국에서 시작해 신협 앞을 지나 양조장(현 국민은행 자리)에 이르는 길이 당시 계산동에서 가장 큰 상가이자 번화가였다. 그 길은 부평초등학교 정문과 이어져 있어 학생들뿐 아니라 대부분의 계산동 사람들이 오가던 중심지였다.

1987년, 최광섭 씨가 이사장으로 재선되었다. 그의 목표는 계산동에서 가장 큰 신협 사옥을 짓는 것이었다. 이곳저곳을 물색한 끝에 현 브니엘요양병원 자리를 매입해 사옥을 신축했다. 설계 당시 많은 의견이 있었는데, 최 이사장은 "건물은 두부모처럼 반듯반듯해야 한다"며 6층 강당의 층고를 아래층과 같은 높이로 짓게 했다. 지금 생각하면 두고두고 아쉬운 선택이다.

최 이사장은 건물을 완공한 뒤 한 번 더 이사장을 맡고 싶어 했지만, 당시 이사들은 "두 번 했으면 한 번쯤 쉬었다가 다시 맡는 것이 바람직하다"고 판단했다. 그렇게 육찬승 씨가 다시 이사장을 맡게 되었다.

이후 송순호(10대) 씨까지는 큰 무리 없이 이어졌으나, 2006년 실무 책임자였던 신승철(12대) 씨가 이사장에 출마하면서 분위기가 달라졌다. 마을금고 출신 이보성이가 출마를 선언하며 처음으로 경선이 치러졌다. 다행히 신승철 씨가 신승(辛勝)했지만, 그때부터 계산신협의 선거는 매번 치열해졌다.

나는 최정호, 신승철 두 분의 임기 동안 부이사장으로 재임했다. 그러나 점차 이사회는 시끄러워졌다. 예전에는 이사장의 덕망과 리더십으로 원만히 진행되던 회의가, 젊은 이사들이 합류하면서 잦은 충돌을 빚었다. 채덕락, 조운현, 김영복, 그리고 구의회 의장을 지낸 김진웅 등이 함께하면서 갈등은 깊어졌다.

나는 "신협이 발전하려면 천주교인에 국한하지 말고 문호를 넓혀야 한다."는 입장이었고, 그래서 김진웅 같은 인물도 필요하다고 보았다. 그러나 그를 아는 이사들은 "믿을 수 없는 사람"이라며 반대했다. 실제로 김진웅은 직원 채용에서부터 운영 전반에까지 간섭해 이사회를 더욱 소란스럽게 만들었다.

신승철 이사장의 임기가 끝나자 전무 김순범, 이사 김진웅, 그리고 지난 선거에서 석패한 이보성이가 모두 출마했다. 경쟁이 과열되자 나는 물러나려 했지만, 김순범은 "전통을 지켜야 한다."며 나를 부이사장 러닝메이트로 등록시켰다. (신협에 공식적인 러닝메이트 제도는 없지만, 뜻을 함께 해 선거를 치른다는 의미였다.)

선거는 과열되었고, 결국 김진웅·조운현 팀이 과거 정당 기반의 조직력을 앞세워 승리했다. 그렇게 나는 오랫동안 이어온 임원 생활을 마무리하게 되었다.

(2025. 6. 4.)

계산신협 이야기 2

- 상임이사장이 되면서

우리 신협은 계산동 성당(당시 공소)에서 시작되었다. 그 영향이 지금까지 남아 있어 역대 이사장들은 모두 천주교 신자였다. 그중 송순호 씨, 신승철 씨, 최정호 씨, 그리고 나는 본당 사목회장을 역임한 사람들이다. 신협은 공동유대를 성당에서 지역으로 확장하며 규모가 커졌지만, 성당과는 늘 유기적인 관계를 유지해 왔다.

작전동 성당이 계산동 성당에서 분가된 뒤 성당 건물을 짓는 동안 우리 신협 3층에서 미사가 봉헌되었고, 작전2동 성당(당시 명칭은 계산1동 성당이었으나 부지를 매입하고 성당을 신축하는 과정에서 작전2동 성당으로 변경됨) 역시 신협 3·4·5층을 임대해 사용했다. 계산1동 성당 초대 주임이던 김주현 신부는 신협 건물을 사용하며 신축 성당 부지를 매입할 수 있었다. 지금도 계산동·작전동·작전2동 성당은 주거래 금융기관으로 우리 신협을 이용하고 있으니, 참으로 감사한 인연이다.

문제는 당시 이사장이던 김진웅 씨와 계산1동 본당 신부 사이가 좋지 않았다는 점이다. 김진웅 씨는 선전수전을 다 겪고 구의회 의장까지 역임한 능수능란한 인물이었지만, 영세한 지 얼마 되지 않아 신앙심이나 사제에 대한 존경심은 거의 느껴지지 않았다. 반면 김주현 신부는 사제

서품을 받은 지 얼마 되지 않아 사회 경험이 부족했고, 성격도 내성적인 편이었다.

김진웅 씨 재임 시절 신협은 약 20억 원의 적자를 기록했다. 마침 선거를 앞둔 상황에서 그는 재선을 원했지만, 적자가 공개되면 사실상 불가능하다고 판단했다. 그가 택한 방법은 본점 건물 매각이었다.

본점 건물은 바닥 면적 167평에 7층 규모로, 장부가액은 약 20억 원이었지만 시가는 40억 원이 넘었다. 건물만 매각할 수 있다면 장부상 20억 원의 이익을 내 적자를 상쇄할 수 있는 상황이었다. 그러나 3·4·5층을 성당이 사용하고 있어 매각은 쉽지 않았다.

결국 그는 성당을 내보냈고, 성당은 아무런 준비도 하지 못한 채 건물을 비워야 했다. 성당 신자들이 겪은 고생은 이루 말할 수 없었다. 그 많은 집기와 신자들의 발걸음을 어디로 옮길 수 있었겠는가.

상임이사장이 된 나는 첫 업무로 작전2동 성당 대출금의 이자를 대폭 인하했다. 규제로 인해 신규 대출은 어려워도, 이미 실행된 대출의 금리는 조정할 수 있었다. 중앙회 검사에서 문제가 제기되었을 때, 나는 이렇게 말했다.

"우리 신협은 성당 신자들이 만든 조합입니다.

성당 신축을 위해 성당에서 대출을 신청한 것인데 이사장이 이율을 낮춰 준 것이 무슨 문제가 되겠습니까.

설령 징계를 받더라도, 여건이 허락한다면 앞으로도 더 낮출 생각입니다."

결국 징계는 없었고, 성당은 적지 않은 혜택을 받을 수 있었다.

성당은 여러 차례의 이전과 공사를 거치며 다소 불균형한 외형을 갖게 되었다. 사정을 모르는 사람들은 의아해하겠지만, 한쪽에서는 공사를 하면서 다른 한쪽에서는 미사를 봉헌해야 했으니 어찌 온전할 수 있었겠는가.

나는 신협과 성당의 관계를 처음부터 알고 있었기에, 상임이사장이 되면서 마음속에 늘 성당에 대한 '원죄' 같은 것이 남아 있었다. 그래서 언젠가는 신협이 성당에 사과해야 한다고 생각해 왔다. 그러나 시간이 흐르며 당사자들은 떠났고, 당시의 사정을 아는 사람도 점점 줄어들었다. 누구에게, 어떻게 사과해야 할지 막막할 뿐이었다.

내가 생각한 유일한 사과는 성당 신축으로 생긴 부채를 신협이 일부라도 함께 짊어지는 것이었다. 내 임기 중 조금이라도 부담해 전임자들의 잘못을 대신 속죄하고 싶었다. 여건이 녹록지 않아 기회를 잡지 못했지만, 올해만큼은 얼마라도 부담해 오랫동안 품어 온 미안함을 덜어내고 싶다. 그래야 비로소 마음이 조금은 편해질 것 같다.

(2025. 6. 5.)

계산신협 이야기 3

- 본사 건물을 매입하면서

이사장에 당선된 뒤 첫 출근은, 예전 학교 다니던 습관처럼 조금 일찍 했다. 여직원들은 부지런히 청소를 하고 있었지만, 간부 직원들은 한 명도 보이지 않았다. 은근히 화가 치밀었지만 참고 기다렸다. 영업 시작 5분 전쯤 돼서야 실무 책임자가 헐레벌떡 들어왔다. 나는 그가 들을 수 있도록 큰소리로 창구 여직원에게 지시했다.

"내일부터는 영업 시작 15분 전에 내가 실무 책임자와 그날의 업무를 의논할 거요. 커피를 두 잔 타서, 그 사람이 오든 안 오든 8시 45분에 내 자리로 가져다 놓으시오."

놀라운 것은, 그 커피를 실무 책임자가 단 한 번도 마셔 보지 못했다는 사실이다. 그는 늘 영업 시작에 맞춰 아슬아슬하게 출근하다가 결국 그대로 퇴임을 맞았다. 그 정도로 기강이 해이해져 있었으니, 적자가 나지 않는 것이 오히려 이상했을 정도였다.

결재를 마치고 나니 한 남직원이 들어와 내 일정을 설명했다. 오후에 인천에서 회의가 있는데 자신이 모시고 갈 예정이라는 것이다. 소요 시간은 한 시간쯤이라며 출발 준비까지 알아서 해 놓겠단다. 일종의 '이사장 수행비서' 역할을 맡고 있었던 셈이다.

하지만 나는 원래 내 일을 스스로 처리하는 편이었다. 옆에서 도움이 필요하다면 컴퓨터나 휴대폰 사용법 같은 사소한 부분일 뿐, 대부분은 혼자 하는 것이 더 편했다.

"인천 길은 내가 더 잘 알아요. 내가 직접 다녀올 테니, 당신은 조합 일에 더 신경 쓰세요."

당시 상황에서 '수행' 같은 것은 중요한 문제가 아니었다. 본점 매각으로 좁디좁은 24평 사무실로 이사 온 직원들이 앉을 자리조차 변변치 않았으니 말이다. 이사장실도 없었고, 어떻게 움직여야 할지 난감한 상태였다. 더 화가 났던 것은 이런 사태를 불러온 전임 이사들이었다. 누구 하나 책임을 인정하지 않고, 입을 모아 전임 이사장 한 사람만 탓하고 있었다. 분통이 터졌지만 나는 참고, 설득해 나가기로 했다.

이사회는 협의체였다. 이사들이 뭉쳐 반대하면 이사장 혼자서는 아무것도 할 수 없었다. 더구나 나는 러닝메이트 없이 단신으로 선거에 나섰고, 이사들은 모두 전임 이사장 시절 함께하던 사람들이었다. 특히 부이사장은 전임 이사장과 친분이 깊어, 이사회 결정이 있으면 30분도 안 돼 전임 이사장에게 보고하는 일이 다반사였다. 아무리 좋은 의견을 내더라도 호응이 없으면 처리하기 힘든 구조였다.

급한 대로 2층 공실을 임대해 이사장실과 여신팀을 옮겼다. 그리고 전 직원 회의를 열었다.

"잘 알다시피 우리 조합은 구조적인 적자로 상황이 매우 어렵습니다. 이 위기를 조기에 벗어나려면 각고의 노력이 필요합니다. 제가 먼저 솔선수범하겠습니다. 흑자가 날 때까지 제 월급을 받지 않겠습니다. 여러분도 임금을 조금씩 양보해 주시면 좋겠습니다."

정말 간절히 부탁했다. 내키지 않았을 텐데도 직원들은 동의해 주었다. 다만 실무 책임자는 징계 중이라 자리에 없어 동의하지 않았고, 훗날 부당해고 소송을 제기하면서 삭감되지 않은 임금을 끝내 다 받겠다고 나섰다.

적자 조합을 살리려면 불요불급한 비용을 과감히 줄여야 했다. 전임 이사장이 쓰던 승용차와 직원들이 쓰던 승합차를 매각하기로 했다. 실무 책임자는 "차가 너무 낡아 팔아도 얼마 못 받으니 그냥 쓰자"고 했다. 하지만 내 생각은 달랐다. 가격이 중요한 게 아니라, 운행하며 들어가는 비용을 줄이는 것이 목적이었다.

그렇게 1년을 버티고 나니 어렵게 흑자로 돌아설 수 있었고, 나도 임금을 받기 시작했다. 그러나 일부 이사들은 "안 받겠다. 해 놓고 왜 받느냐"며 억지를 부려 나를 힘들게 했다.

직원들과는 소통할 수 있었지만, 임원들의 억지는 정말 버티기 어려웠다. 본사를 옮기기 위해 건물을 사야 했는데, 건물은 마땅치 않았고, 혹 마음에 드는 곳이 있더라도 '신협이 구입한다'는 소문이 나면 값이 터무니없이 뛰었다. 비밀리에 추진하면 "왜 독단적으로 하느냐"는 항의가 빗발쳤다.

심지어 일부 이사들은 감사(이진태)와 함께 짜고 "이사장이 업자에게서 돈을 받았다"는 터무니없는 소문까지 퍼뜨렸다. 건물 구조 변경 과정에서도 사사건건 시비를 걸어 업자가 포기하겠다고 선언한 적도 있었다. 지금도 생각하면 억울하고 분해서 다 그만두고 싶었던 순간들이었다. 하지만 본사 이전을 멈출 수는 없는 일이었다.

당시 나를 괴롭히던 감사는 우연히 다른 곳으로 이사하면서 계양구를 영영 떠났지만, 그와 함께 부화뇌동하던 일부 이사들은 남아 끝까지 나를 괴롭혔다. 말도 안 되는 이유를 붙이며.

지금도 가끔 그들에게 묻고 싶다.

"당신들은 왜 그토록 나를 괴롭혔습니까? 그리고 만약 당신들의 반대로 본점 이전이 무산되었다면, 지금 우리 신협은 어떻게 되었을 것 같습니까?"

(2025. 7. 9.)

계산신협 이야기 4

- 세 번의 선거

이사장을 하면서 세 번(14~16대)의 선거를 치렀다. 첫 번째는 당시 현 이사장, 두 번째는 당시 부이사장, 세 번째는 당시 실무 책임자와 맞붙었다. 결과는 세 번 모두 약 70% 이상의 지지를 얻어 무난히 당선되었지만, 순간순간은 그야말로 피를 말리는 긴장의 연속이었다. 흔히 '원숭이는 나무에서 떨어져도 원숭이지만, 선거에서 진 사람은 사람도 아니다.'라는 말이 있지 않은가. 그만큼 선거는 치열하고 냉혹하다.

더군다나 무슨 원한인지, 현 이사장·부이사장·실무 책임자까지 모두 차례로 도전해 왔다. 모두 이기고 나니 조합에 평화가 찾아왔지만, 아이러니하게도 내 임기도 마침내 끝이 났다.

첫 번째 선거 - 현 이사장과의 대결

처음에는 아무것도 모르고 현 이사장(김진웅)에게 도전했다. 선거가 무엇인지도 제대로 파악하지 못한 채였지만, 상대가 나를 너무 가볍게 본 탓에 무난히 당선될 수 있었다. 그는 구의회 의장까지 지낸 베테랑이었으나, 방심이 결정적인 패인이었다. 무엇보다 전임 이사장의 실책이

나에게는 큰 호재였다.

본점을 매각한 뒤 새로 분양받은 건물은 직원들이 다 들어가지도 못할 만큼 좁았고, 손실은 계속 커졌다. 특히 그는 실무 책임자와만 어울리며 다른 직원들의 원성을 샀다. 법인카드 사용도 무분별했고, 적법하지 못한 부분도 적지 않았다.

나는 달랐다. 평생 한 동네에서 50년 넘게 살아오며 친구와 친지, 부모님 지인, 아이들 친구들까지 인연이 넓었고, 성당 봉사활동도 오래 해온 덕분에 자연스러운 신뢰를 쌓을 수 있었다. 특히 교사로 30년 넘게 학생을 가르쳐 온 이력은, 불필요한 지출이 많았던 전임 이사장과 대비되며 도덕적 신뢰로 이어졌다.

두 번째 선거 - 부이사장과의 대결

두 번째 선거는 전임 이사장 시절 부이사장이던 조운현과의 대결이었다. 지금 다시 생각해도 참 어처구니없는 상대였다. 그는 온갖 부정을 저지르면서도 나를 선거법 위반으로 고소해 경찰서 조사를 받게 만들었다. 물론 무혐의로 끝났지만, 그 과정은 적잖은 고통을 안겨 주었다.

한번은 그의 딸 결혼식장에서 마주쳤는데, 그는 "사실 고소할 생각은 없었는데 주변 사람들이 강요해서 어쩔 수 없었다."라는 변명을 늘어놓았다. 기가 막힐 노릇이었다. 무고죄로 맞고소할까도 생각했지만, 나 또한 같은 사람이 되는 것 같아 참았다.

선거판에서는 작은 일에도 마음이 예민해진다. 어떤 조합원이 사무실에 들렀다 나가며 상대 후보와 인사를 나누는 모습만 봐도 괜히 신경이 쓰인다. 같은 동네 사람이니 당연한 인사인데도 그렇다. 상대는 불법과

편법을 동원했지만 끝내 표를 모으지 못했다. 늘 그렇듯 후보자는 지지자들만 곁에 두고 있으니, 반드시 당선될 것이라는 착각에 빠지기 쉽다.

조운현은 주관이 분명한 사람은 아니었다. 전임 이사장과 같은 정당 활동을 하며 겉으로는 따르는 척했지만, 뒤에서는 험담을 일삼았다. 특히 전임 이사장을 위해 돈을 많이 썼다며 허풍을 떠는 습성도 있었다.

세 번째 선거 - 실무 책임자와의 대결

세 번째는 전임 이사장 시절의 실무 책임자 김동천과의 대결이었다. 그는 늘 늦게 출근해, [신협 이야기 3]에서 쓴 것처럼 나와 커피 한 잔을 나눈 적도 없는 사람이었다.

문제는 그의 부인이었다. 우리 조합의 이사로 4년간 있으면서, 임원직에서 물러난 뒤에도 끊임없이 나와 직원들을 괴롭혔다. 남편이 내가 이사장이 되면서 자리를 잃은 탓에 원한이 깊었던 모양이다. 부부는 나를 상대로 20회가 넘는 재판을 벌였고, 지역본부·중앙회·금융감독원·대통령실 등지에 30회 이상 민원을 제기했다. 직원들도 심하게 괴롭힘을 당했다.

재판도 힘들었지만, 민원은 더 골치 아팠다. 어느 기관이든 민원이 접수되면 반드시 조합에 자료 제출을 요구한다. 제출해야 할 자료는 다음과 같았다.

① 민원 요지
② 진행 경과
③ 조사 결과

④ 적용 법규

⑤ 위반 여부

⑥ 향후 처리 계획

⑦ 수용 여부

⑧ 재발 방지 대책

⑨ 기타 사항

⑩ 증빙자료 목록

이 모든 것을 작성해 담당자·책임자·감사실장까지 날인해야 했다. 직원들에게 이런 부담을 줄 수는 없었다. 나는 처음부터 "여러분은 맡은 일에만 충실하라. 재판과 민원은 내가 맡겠다."라고 말했다. 복사나 단순 업무만 맡기고, 나머지는 30건이 넘는 민원을 모두 직접 처리했다. 정말 힘든 시간이었지만 끝까지 혼자 감당했다.

다행히 세 번째 선거는 예상과 달리 조용히 끝났다. 코로나 시기라 대인 접촉이 제한되면서, 아이러니하게도 그 덕을 본 셈이다.

(2025. 4. 30.)

계산신협 이야기 5

- 이사장 임기를 마치며

정말 어려운 상황에서 취임했다.

자산 900억 원도 안 되는 조합에 직원은 19명, 영업점은 4곳, 예대율은 40% 내외였다. 매월 1억 원가량의 적자가 이어졌다. 하루하루가 버겁고 힘들었지만 결국 버텨냈다. 아직도 어려움은 남아 있지만, 이제는 어느 정도 안정된 상태다. 함께 고생한 직원들에게 감사드리며 몇 가지 소회를 정리해 본다.

직원과의 관계

12년 동안 이사장을 하면서 단 한 번도 직원들과 개인적으로 식사를 하지 않았다. 공식적인 회식에는 참석했지만, 그 외에는 우연히 식당에서 마주치면 내가 계산하는 정도였다.

많은 신협에서는 지금도 이사장을 모시고 점심을 함께하는 것이 실무 책임자의 중요한 임무 중 하나다. 우리 조합도 예외는 아니었다. 심지어 조합 차량으로 전임 이사장의 출퇴근을 돕기도 했다. 그러나 직원과 함께 식사를 하면 대부분 법인카드를 쓰게 되고, 그것이 관행처럼 굳어지는 것이 싫었다.

교통편도 마찬가지였다. 나는 조합 차량을 한 번도 타 본 적이 없다. 작고 낡았지만 내 차가 편했고, 인천 구석구석을 나만큼 잘 아는 직원도 없었다. 그래서 직원과 동행할 일이 생기면, 직원들은 싫다고 했지만 늘 내 차를 이용했다. 가끔 대중교통으로 이사장 모임에 가면 다른 조합 이사장들은 직원이 운전하는 조합 차량을 타고 오곤 했는데, 그때 얻어 탄 적은 있다.

직원 채용과 원칙

12년 동안 단 한 번도 직원 채용에 직접 개입하지 않았다. 채용 계획이 서면 실무 책임자에게 인사위원회를 꾸리도록 했고, 그때그때 구성된 인사위원회가 채용 절차를 진행했다. 인사위원 가운데는 반드시 신입사원 한 명을 포함하도록 했다. 나는 최종 합격자가 결정된 뒤에야 신규 직원을 만났다. 몇 번 그렇게 하다 보니, 처음에는 실무 책임자가 맡던 위원장 역할도 나중에는 부장이나 과장이 대신해도 잘 운영되었다.

모집 공고가 나면 어김없이 청탁이 들어왔다. 그럴 때마다 직원들에게 이렇게 말했다.

"상사의 부당한 명령을 거부하지 못하는 것은 더 큰 잘못이다."

청탁이 없었다면 채용되었을 사람도 있었을지 모른다. 그러나 공과 사를 구분하는 것이 이사장의 모범이라 생각했다.

나는 신입 직원이 수습을 마치고 정식 직원이 될 즈음, 반드시 부모님께 감사 편지를 보냈다.

'자녀를 훌륭히 길러 주셔서 감사드립니다. 귀 자녀는 어려운 수습 기간을 무난히 마치고 정식 직원이 되었습니다. 앞으로 신협 발전에 큰 역할을 할 것이라 기대합니다.'

나만의 일상

아침에 출근하면 제일 먼저 전날의 재무제표를 큰 모눈종이에 직접 그렸다. 한 장이면 1년 치를 기록할 수 있었고, 12년 동안 하루도 거르지 않았다. 전산 프로그램으로 더 편리하게 볼 수도 있었지만, 내 손으로 직접 그려야 정확히 몸에 새겨졌다. 덕분에 재무 상태의 변화와 흐름을 누구보다 빠르고 분명하게 읽을 수 있었다.

소박한 이사장실

전국 900여 개 신협 가운데 우리 조합 이사장실이 아마 가장 좁을 것이다. 내 책상과 작은 원탁이 전부다. 내가 직접 설계하면서 일부러 그렇게 했다. 화려한 집무실이 무슨 소용이 있겠는가. 회의는 회의실에서 하면 되고, 손님도 회의실에서 맞으면 된다. 이사장실은 직원과 개인 면담이나 작은 상담을 할 때 쓰면 족하다.

조합의 위상

이사장이 된 초기에 지역본부를 찾아갔을 때, 담당 대리는 나를 한참 기다리게 했다. 본부장 면담을 부탁했지만 "인사철이라 어렵다"는 말만 들었다. 할 수 없이 돌아와 몇 차례 메일을 보냈지만 답은 없었고, 그 본부장은 전출을 갔다. 당시 우리 조합의 위상이 그 정도였다.

이제는 다르다. 신협 관련 모임이 있으면 본부장이 먼저 전화를 걸어 차를 가지고 와 함께 가자고 한다. 중앙회장이나 이사가 인천에 오면 꼭 전화를 해 일정을 알리고 얼굴을 보자고 한다. 물론 부평평의회 회장, 인천협의회 회장을 역임한 영향도 있겠지만, 그만큼 우리 조합의 위상이 달라졌다는 뜻일 것이다.

마무리하며

처음에는 이사장 역할이 참 어려웠다. 일을 잘 몰랐던 탓도 있지만, 체질적으로 누구에게 일을 시키는 데 익숙하지 않았기 때문이다. 그러나 조직은 역할이 분명하다. 이사장이 할 일이 따로 있고, 창구 직원이 할 일이 따로 있으며, 중간 간부가 맡아야 할 일도 있다. 모든 일을 이사장이 직접 할 수는 없는 법이다.

이제 조금 익숙해지나 했더니 임기가 끝났다. 그러나 아쉽지 않다. 부족했지만 최선을 다했고, 후회는 없다. 다만 조합원들에게 직접 고맙다는 인사를 충분히 하지 못한 것이 늘 마음에 남는다.

그들은 특별한 이유도 없이 우리 조합을 찾아 주었고, 세 번의 선거 때는 가족처럼 헌신해 주었다. 늘 성원해 주었고, 늘 내 편이 되어 주었다. 직원들도 참 고생이 많았다. 자산 2,500억 원을 직원 13명이 감당했으니 노동 강도가 얼마나 컸겠는가. 그럼에도 묵묵히 잘 해내 주었다. 그저 고맙고, 또 고맙다.

(2025. 4. 29.)

계산신협 이야기 6

- 자리를 내려놓으며

임기가 다가오자 많은 조합원이 차기 이사장에 관심을 보였다.

과연 누가 다음 이사장을 맡게 될 것인가.

여러 조합원들은 나에게 "한 번 더 할 수는 없겠느냐"고 조심스럽게, 때로는 노골적으로 묻곤 했다. 물론 제도적으로 더 할 방법이 없기도 했지만, 설령 길이 열려 있다 하더라도 나는 그만둘 생각이었다. 어떤 이는 거의 강요하듯 이렇게 말하기도 했다.

"당신이 그렇게 애써 다 쓰러져 가던 조합을 반듯하게 만들어 놓았는데, 다른 사람이 와서 망쳐 놓으면 억울하지 않겠냐?"고.

그러나 나는 조합이 다시 어려움에 처한다 하더라도 미련을 두지 않으려 한다. 신협은 내 개인의 것이 아니다. 그저 기회가 주어졌을 때 최선을 다했고, 그 결과가 좋았다면 그것으로 충분하다고 생각한다. 누군가가 와서 잘하든 못하든, 그것은 이제 내 몫이 아니다.

이사장을 하고 싶어 하는 사람들은 저마다 나와의 인연을 내세우며 도움을 바랐다. 그러나 나는 누구의 편에도 서지 않으려 했다. 선거는 공정한 심판의 마음으로 관리하고, 비록 나와 생각이 다른 사람이 이사장이 되더라도 결코 참견하지 않겠다고 마음먹었다.

　우리 조합도 앞으로 3~4년 정도는 큰 문제 없이 운영될 것이다. 다만 지금과 같은 성장 속도라면 머지않아 또 다른 과제가 찾아올 수밖에 없다. 현재의 사옥은 자산 3~4천억 원 규모까지는 감당할 수 있겠지만, 그 이상이 되면 더 넓은 공간이 필요할 것이다. 특히 수도권 3기 신도시 입주가 본격화되면 새로운 기회도 열릴 것이다. 그러나 그 판단과 실행은 모두 후임의 몫으로 남겨 두려 한다.

　중앙회와의 관계나 직원들과의 소통에서는 내가 조금 더 유리했을지도 모른다. 하지만 언제까지 내가 그 자리를 지킬 수 있는 것도 아니다. 변화는 겪는 순간에는 아픔이 따르지만, 변화 없이는 발전도 기약할 수 없다.

　임기가 끝나면 함께 고생한 직원들이 많이 생각나겠지만, 가급적 신협에는 발길을 하지 않으려 한다. 전임자가 자주 드나들면 현 임원들이 불편할 수밖에 없다. 운영 방식이 나와 다를 텐데, 그것을 굳이 보며 마음을 흔들 필요도 없다고 생각한다. 직원들과의 좋았던 기억은 나 혼자 조용히 간직하려 한다. 회자정리(會者定離)라는 말처럼.

　임기 동안 직원 열 명이 조합을 떠났다. 그중 두 명은 정년이었지만, 여덟 명은 다른 이유로 떠났다. 그들 가운데 더러는 내가 아니었다면 계속 근무했을지도 모를 사람들이다. 조합의 입장에서는 불가피한 선택이었다고 하지만, 개인적으로는 늘 마음에 남는다. 몇몇과는 지금도 연락하며 지내지만, 그렇지 못한 사람들도 있다. 그들은 어쩌면 나를 원망하고 있을지도 모른다. 아무리 조직의 판단이라 해도, 한 개인에게는 섭섭함으로 남을 수밖에 없는 법이니까.

이사장으로 지내며 참 많은 사람을 만났다.

지금도 계산시장이나 계양산시장(병방시장)에 가면 상인들이 반갑게 인사를 건넨다. 상인회 간부들과는 형제처럼 지냈고, 그들은 나를 자랑스럽게 여긴다고 말한다. 하지만 그 모든 관계는 중간에서 애써 준 직원들 덕분이었다.

시장 상인들뿐 아니라 많은 조합원이 불편을 감수하며 우리 조합을 이용해 주었다. 그들이야말로 진정한 신협의 주인들이다. 이런 조합원들과 직원들이 힘을 합친다면, 어떤 임원진이 들어서더라도 일정 기간 조합은 큰 문제 없이 성장해 나갈 것이다. 이제는 그 성장의 힘을 지역 사회로 더 넓혀 가면 좋겠다. 구청이나 문화원과의 협력, 유관 단체들과의 연대를 통해 지역 사회에 신뢰받는 금융기관으로 자리 잡기를 진심으로 바란다.

나는 평생 이사를 한 번도 가 보지 못한 미련한 사람이었지만, 조합은 시대의 흐름에 발맞추어 때로는 앞서가고, 때로는 뒤에서 밀어주는 힘이 되어야 한다고 믿는다. 내가 맡았던 자리도 결국은 시대가 맡긴 역할이었을 뿐, 어느 순간에는 자연스럽게 다음 사람에게 물려주어야 한다.

내가 떠난 뒤에도 조합은 흘러갈 것이다. 새로운 임원들은 자신들의 방식으로 운영할 것이고, 직원들은 그 속에서 서로 기대며 조합을 지켜낼 것이다. 내가 간섭할 이유도, 간섭해서는 안 될 이유도 분명하다.

그저 내가 바라는 것은 하나다.

우리 조합이 앞으로도 지역 사회에서 신뢰받고, 조합원들에게 기댈 곳이 되어 주며, 직원들이 자랑스럽게 일할 수 있는 터전으로 남아 주는 것.

나에게 신협은 단순한 '직장'이 아니었다. 기쁠 때도, 힘들 때도 삶의 중심에 있었던 하나의 '시대'였다. 그 시대를 다 보냈으니 이제는 담담히 내려놓고, 조용히 뒤에서 응원하는 마음으로 남으려 한다.

회자정리(會者定離).
만났으니 언젠가는 헤어지는 법이다.
그러나 함께 보낸 시간만큼은 오래도록 내 마음속에 머물러, 내 노년의 가장 따뜻한 기억이 되어 줄 것이다.

(2025. 11. 14.)

계산신협 이야기 7

- 이사장 이임사

　존경하는 조합원 여러분, 그리고 함께 수고하신 임직원 여러분. 오늘 저는 이사장으로서의 임기를 마무리하며 이 자리에 섰습니다. 돌아보면 부족한 점도 많았습니다만, 조합원 여러분의 신뢰와 직원들의 헌신 덕분에 큰 탈 없이 소임을 마칠 수 있었습니다.

　재임 기간 내내 저는 조합의 건강성 확보를 가장 중요한 과제로 삼았습니다. 어려운 금융 환경 속에서도 우리 계산신협이 의미 있는 이익을 내고 조합원 여러분께 배당을 드릴 수 있었던 것은, 여러분의 믿음과 현장에서 묵묵히 책임을 다해 준 직원들의 노력 덕분입니다.

　또한 신협중앙회와의 여러 논의 과정에서 계산신협이 안정적인 조합으로 신뢰받고, 지역 사회와 연대하는 금융기관으로 자리잡을 수 있도록 힘써 왔습니다. 그 기반이 앞으로도 잘 이어지기를 기대합니다.

　무엇보다 진심으로 감사드리고 싶은 분들은 직원 여러분입니다. 각자의 자리에서 조합의 얼굴이 되어 주었고, 조합원들과의 신뢰를 쌓아 주었습니다. 제가 알지 못하는 곳에서까지 헌신해 주신 덕분에 오늘의 계산신협이 있을 수 있었습니다.

이제 저는 직책을 내려놓지만, 신협을 향한 애정은 그대로입니다. 앞으로는 한 사람의 조합원으로서 새로운 이사장님과 임직원 여러분을 응원하겠습니다.

저는 여러분과 함께해서 진정 행복했습니다. 그동안 함께해 주서서 고맙습니다. 감사합니다.

(2026. 2. 27.)

조합원들에게 보낸 서한

존경하는 계산신협 조합원 여러분!

안녕하세요?

계산신협 이사장 신선호입니다.

2014년이 서서히 저물어 가고 있습니다.

되돌아보니 지난 일 년은 대내외적으로 숨막히는 어려움 속에서 한 해를 보냈습니다.

대내적으로는 총회가 유산되어 재소집하는 전무후무한 혼란이 있었고, 대외적으로는 계속되는 한국은행의 기준금리 인하와 LTV의 상향조정으로 상호금융권이 유례없이 어려운 상황 속에서 한 해를 보내게 되었습니다.

하지만 저는 조합원님들의 전폭적인 지지에 힘입어 다음과 같은 일을 해냈습니다.

1. 업무용 승용차(이사장 전용)을 매각하고, 불필요한 경비를 대폭 줄

였으며(2. 26),

2. 상임이사장 보수를 월 730만 원에서 1만 원으로 삭감했고(3. 1),

3. 구조조정을 통해 전직원들을 적재적소에 재배치시켰으며(4. 1),

4. 직원들의 봉급을 합리적으로 재조정하여 평균 9.8%의 삭감 효과를 냈고(6. 1),

5. 일괄적으로 지불하던 상여금을 능력에 따라 차등 지불하였고(6. 18),

6. 전 직원이 캠페인을 통해 대출을 증대시켜 예대비율이 60%를 돌파했고(9. 2),

7. 우수조합원 초청 영화 관람 2회(8. 14, 12. 4)와 청남대 견학(11. 14)을 하였습니다.

하오나 전형적인 고비용 저효율의 구조를 하루아침에 변화시키기는 너무 힘들었습니다.

다행히 지난 6월부터는 적자폭이 감소되었고, 7월부터는 소폭이나마 흑자를 기록하기 시작하여 8월, 9월, 10월, 11월이 모두 누적 흑자를 기록하였습니다.

이런 추세라면 내년은 올해 순수 증가한 대출금(약 150억 원)을 중심으로 차츰 정상화되리라 기대됩니다. 이는 모두가 조합원 여러분께서 조합을 아끼고 사랑해 주시는 결과라고 생각하고 저를 포함한 모든 임직원들은 더욱 노력하여 하루 빨리 튼튼하고 건강한 조합을 만드는 데 최선의 노력을 다할 것을 다시 한 번 약속드리겠습니다.

조합원 여러분!

이제 며칠 후면 을미년 새해가 밝아 옵니다.

새해에는 조합원 모든 분들이 건강하시고, 가내가 화목하시고, 하시는 모든 일들이 형통하시기를 기원합니다.

아울러 자주 조합에 오셔서 잘못된 부분을 질책해 주시고, 조합이 더욱 발전할 수 있도록 지도와 격려를 부탁드립니다.

이메일(ssh172920@daum.net), 본점 032-546-6611

감사합니다.

2014. 12.

계산신용협동조합 이사장 신선호 拜上

※ 이 글은 2014년 이사장을 1년쯤 지낸 후 조합원들에게 드린 글의 전문이다.

※ 본문에 기재된 이메일 주소는 당시 기준이며, 현재는 사용하지 않는다.

2장

문화원장의 길

문화원장의 일은 무엇을 새로 만들었는지를 말하는 일이라기보다, 이 지역의 시간을 어떻게 다음 세대에게 건네줄 것인가를 고민하는 일에 가깝다.

향교, 도호부 관아, 산성박물관은 서로 다른 공간이지만, 아이들이 이 동네를 이해하게 한다는 점에서는 같은 질문을 품고 있다. 여기에 수록된 글들은 그 질문 앞에서 내가 서 있었던 몇 장면들이다.

계양문화원

문화원이라 하면 대개 과거의 삶을 떠올리지만, 나는 그 자리에서 오히려 미래의 삶을 먼저 생각했다.

문화를 '삶을 담는 그릇'이라고 한다면, 그 그릇 속에는 과거의 삶도 현재의 삶도 미래의 삶도 함께 담겨야 한다고 믿었기 때문이다. 미래의 주인공인 아이들이 이 동네를 이해하려면 무엇을 보고, 무엇을 느껴야 할지부터 다시 생각하게 되었다. 문화는 설명으로 가르치는 것이 아니라, 공간과 경험을 통해 스며드는 것이라 믿었기 때문이다.

우리 동네는 오랜 역사를 지닌 곳이다. 그래서 향교가 있다.

아이들은 그곳에서 '예(禮)'를 글로 배우기보다 몸으로 익힌다. 마당을 걷고, 문을 여닫고, 자리를 가늠하는 동안 과거 유생들의 생활이 자연스럽게 떠오른다. 전통은 먼 과거의 이야기가 아니라 지금의 삶과 이어져 있다는 사실을, 향교라는 공간이 조용히 알려 준다.

도호부 관아의 자리는 사정이 다르다.

지금은 아무것도 남아 있지 않다. 일제강점기를 거치며 완전히 훼손되었고, 낡은 건물 한 채와 욕은지 터, 공덕비 몇 개만이 그 자리를 지키고 있을 뿐이다. 그래서 나는 '모습'보다 '기억'을 먼저 복원해야 한다고 생각했다. 고려시대부터 조선 말기까지 이곳을 거쳐 간 도호부 수령들을 재임 기간별로 정리해 보았다. 약 이백육십 명에 이르는 이름을 따라가다 보니, 이 자리가 단순한 행정 공간이 아니라 오랜 시간 도시가 유지되어 온 중심이었음을 비로소 실감하게 되었다. 아이들에게는 "여기에 이런 건물이 있었다"는 설명보다, "이 자리에 이렇게 많은 사람들이 책임을 맡아 왔다"는 사실이 더 오래 남을 것이라 생각했다.

산성박물관은 별다른 유물을 가진 곳이 아니다.

그래서 우리는 유리 진열장 속 전시를 선택하지 않았다. 지난 여름, 한 방송 인터뷰에서 이런 말을 한 적이 있다. 박물관이 마음만 먹으면 무한한 예산을 들여 전 세계에 흩어져 있는 주먹만 한 다이아몬드를 모두 가져다 전시할 수도 있을 것이다. 그러면 사람들은 틀림없이 몰려올 것이다. 그러나 그곳에서 오갈 이야기는 다이아몬드가 품은 시간이나 가치보다는, 그것의 천문학적 가격일 가능성이 크다.

산성박물관은 그런 방식의 주목을 원하지 않았다. 대신 왜 이곳에 산성이 쌓였는지, 산성 안에서 사람들은 어떻게 살아갔는지, 그 삶의 지혜가 지금 우리에게 무엇을 말해 주는지를 묻고 답하는 공간이 되기를 바랐다. 아이들이 이 동네를 이해하고, 그 이해가 자연스럽게 자긍심으로 이어진다면, 그것으로 박물관의 역할은 충분하다고 생각했다.

이 모든 일을 가능하게 하려면 문화원 역시 언젠가는 독립된 공간을 가져야 하고, 이 지역을 꾸준히 연구하는 사람들을 뒷받침할 구조도 필요하다. 향토연구회와 문화 동아리, 학예사에 대한 지원 역시 같은 생각의 연장선에 있다. 문화는 개인의 열정만으로 유지되지 않기 때문이다.

향교에서 예를 익히고, 도호부 관아의 기억을 되살리며, 산성박물관에서 이 동네의 삶을 이해하게 하는 일.

계양문화원에서 내가 하고 싶었던 일은 거창한 성과를 내는 것이 아니라, 아이들이 자기 동네를 알고 사랑하게 만드는 일이었다. 그 조용한 바람이 지금도 이 일을 붙들고 있다.

(2025. 12. 18.)

원장이라는 이름 앞에서

신록이 꽃보다 아름답다는 말을 새삼 실감하던 계절이었다.

연둣빛 새순이 가지마다 돋아나던 그날, 나는 계양문화원장으로 취임했다.

'원장'이라는 이름 앞에 서 보니, 기쁨보다 먼저 책임이라는 말이 떠올랐다. 솔직히 말하면, 내가 이 자리에 어울리는 사람인가 하는 생각도 잠시 스쳤다.

그날 자리에 함께해 준 많은 분들 가운데에는 지역 행정을 맡은 분들도 있었고, 오랜 시간 계양의 문화를 지켜온 분들도 있었다. 문화원 일로, 또 개인적인 인연으로 찾아온 얼굴들을 보며 나는 이 자리가 결코 혼자의 자리가 아니라는 사실을 실감했다. 문화는 언제나 사람과 사람 사이에서 이어져 왔다는 것을, 그날만큼은 분명히 느꼈다.

특히 지난 6년 동안 계양문화원을 이끌어 온 이찬용 원장님은 이 문화원의 산증인과도 같은 분이다. 초창기부터 이사와 감사, 부원장을 거치며 문화원의 기틀을 닦아 오셨고, 문화재는 유리 진열장 속에만 두는 것이 아니라 우리 삶 속에서 살아 움직여야 한다는 철학을 실천해 온 분이다. 향교 프로그램과 계양산성 활용, 마을 이야기 구술 작업과 보

호수 기록, 전국 규모로 성장한 국악제와 미술대전까지, 그 성과는 지금의 계양문화원을 만든 토대였다. 그날 취임식이 끝나고 악수를 나누며, 원장님은 조용히 이렇게 말씀하셨다.

"문화원 일은, 오래 봐야 합니다."

계양은 다른 지역에 비해 유난히 오래된 이름을 지닌 곳이다. '계양'이라는 지명은 이미 800여 년 전부터 사용되어 왔고, 조선시대 부평도호부 관아가 자리하던 곳이기도 하다. 정조대왕의 행차 이야기가 남아 있는 어사대와 욕은지, 거의 원형대로 보존된 부평향교, 인천에서 가장 높다는 계양산과 복원된 계양산성, 그리고 계양산성박물관까지. 이 땅에는 시간을 견뎌온 흔적들이 곳곳에 남아 있다. 이 이름들과 장소들은 내게는 자료가 아니라, 앞으로 아이들에게 건네야 할 이야기의 목록처럼 느껴졌다.

백범 김구 선생이 말했듯, 문화의 힘은 우리 자신을 행복하게 하고, 나아가 남에게도 행복을 준다. 문화는 숫자로 바로 드러나지 않지만, 지역의 품격을 가장 오래 지켜주는 힘이다.

전국에 수많은 지방자치단체와 문화원이 있지만, 어느 문화원도 지역의 관심과 지원 없이 제 역할을 해낼 수는 없다. 급한 일과 중요한 일이 늘 뒤섞여 돌아가는 현실 속에서, 덜 급하지만 반드시 지켜야 할 것이 바로 문화라는 생각을 나는 지금도 변함없이 가지고 있다.

그날 신록이 돋던 계절에 나는 다짐했다.

계양의 삶을 기록하고, 계양의 이야기를 보존하며, 이 땅의 문화가 일상의 언어로 이어지도록 힘을 보태겠다고. 그 다짐은 취임식이 끝난 지금까지도 내 마음속에 남아 있다. 물론, 늘 같은 모양으로 남아 있지는 않았지만.

(2023. 4. 25.)

문화원장 인터뷰 내용

　문화원장으로 재직 중 〈인천저널〉에서 인터뷰 요청을 받았고, 대담은 CJ헬로비전 송효창 부장이 맡아 진행하였다. 이 글은 〈인천저널〉 2025년 가을호에 실렸던 내용이다. 문장을 고치지 않고 그대로 옮겨 책에 수록한 것이다.

계양문화원은 어떤 곳인가요?

　계양문화원은 지역의 역사와 문화를 발굴·계승하고, 주민들이 함께 어울릴 수 있는 문화적 공간을 만드는 기관입니다. 우리 계양은 정명(地名이 정해진 해) 810년이 넘는 유서 깊은 고장으로, 계양산성박물관과 부평도호부 관아, 부평향교 등이 자리한 곳입니다. 전통문화를 지키는 동시에 현대적 감각으로 재해석해 주민 누구나 쉽게 참여할 수 있는 프로그램을 운영하며, 계양구민 모두가 문화로 연결되는 장을 마련하고 있습니다.

　흔히 문화를 '삶을 담는 그릇'이라고 하지요. 이 그릇 속에는 과거와 현재뿐 아니라 미래의 삶까지 담아야 한다고 생각합니다.

가장 큰 성과라고 생각하시는 사업이나 프로그램은 무엇인가요?

특정 사업 하나만 꼽기보다는, 주민들이 직접 참여하고 즐기는 문화 행사를 꾸준히 이어온 점을 성과로 말씀드리고 싶습니다. 원장으로 취임한 뒤에는 산성박물관에서 정기적인 문화 공연과 체험 행사를 열고, 부평향교에서는 학생들이 유생의 생활을 직접 체험할 수 있는 프로그램을 마련했습니다. 이처럼 문화재를 단순히 보존하는 데 그치지 않고, 살아 있는 교육과 문화 활동의 장으로 활용한 점을 의미 있게 생각합니다.

역할과 기능에 있어 특별히 강조해 온 부분이 있나요?

저는 지역의 정체성과 공동체 의식을 무엇보다 중시해 왔습니다. 이를 위해 문학, 미술, 음악, 역사 등 다양한 동아리 활동을 적극 지원하고, 연합 공연이나 전시에도 함께 참여할 수 있도록 했습니다. 문화원이 단순히 행사를 주관하는 기관을 넘어, 지역 사람들의 마음을 잇는 역할을 해야 한다고 믿기 때문입니다. 전통문화의 계승과 함께 현대적 가치를 접목해 계양만의 색깔을 살리는 데 집중했습니다.

취임 당시 설정했던 목표와 현재 이루어진 부분, 그리고 더 개선이 필요한 부분은 무엇인가요?

취임 당시 목표는 크게 두 가지였습니다. 첫째, 문화 참여의 저변 확대입니다. 현재 많은 주민이 문화원 프로그램에 관심을 가지고 참여한다는 점에서 성과를 거뒀다고 생각합니다. 둘째, 지역 고유문화의 발굴과 보존입니다. 계양산성 연구와 프로그램을 통해 기반을 마련했지만, 더 많은 연구와 콘텐츠 개발이 필요합니다. 특히 부평도호부 관아는 정조대왕이 활을 쏜 뒤 손을 씻었다는 '욕은지(浴恩池)' 등 자취만 남아 있어, 반드시 정비하고 싶은 과제입니다.

계양문화원이 운영 중인 계양산성박물관은 어떤 곳인가요?

계양산성박물관은 우리나라 최초이자 유일한 산성박물관입니다. 일반적인 박물관이 유물 수집과 전시에 초점을 맞춘다면, 이곳은 산성을 축조하게 된 역사적 배경, 산성 안에서의 생활, 자원 활용 등을 통해 선조들의 지혜를 배우는 곳입니다. 단순한 유물 전시를 넘어 역사와 문화를 생생히 체험하며, 지역에 대한 애향심을 키워 주는 살아 있는 교육의 장입니다.

최근 관람객이 늘어난 이유는 무엇인가요?

무엇보다 기획 전시의 힘이 컸다고 생각합니다. 산성에서 꼭 필요한 돌이나 물 같은 소재를 주제로 한 전시, 그리고 최근 열린 중생대 공룡 특별전은 가족 단위 관람객의 큰 호응을 얻었습니다. 여기에 청훼무용단의 정기공연, 구립 관현악단의 실내 공연 등 정기적인 문화 공연도 관람객들에게 특별한 경험을 제공했습니다. 이러한 전시와 공연이 박물관의 설립 취지와도 잘 어우러지면서 관람객 증가로 이어진 것이라 봅니다.

마지막으로, 지역 사회에 전하고 싶은 메시지가 있다면 무엇인가요?

박물관은 단순히 유물을 보관하는 공간이 아니라, 선조들의 지혜와 정신을 배우고 오늘의 삶에 적용하며, 다음 세대에 전해 주는 공간이어야 합니다. 계양문화원과 계양산성박물관은 앞으로도 주민과 함께 호흡하며, 지역의 문화 자산을 누구나 누릴 수 있도록 힘쓰겠습니다. 아울러 산하의 다양한 동아리 활동을 꾸준히 지원해 지역민이 스스로 문화의 주체가 되고, 계양만의 문화적 색채를 더 풍성하게 꽃피울 수 있도록 노력하겠습니다.

(2025. 9. 10.)

효성동 도당제

지난 주말, 효성동 도당제에 다녀왔다. 효성동 도당제는 마을의 평안과 주민들의 건강을 기원하는 제사로, 효성동 동우회 주관 아래 매년 음력 7월 1일과 10월 1일 두 차례에 걸쳐 지낸다.

지금은 많이 축소되었지만, 불과 몇 해 전만 하더라도 주민들이 대거 모였고 효성동에서 활동하는 각 기관에서도 찬조를 하여 매우 성대하게 진행되곤 했다. 헌관(獻官)은 매년 상황에 따라 달라지는데, 올해는 당주를 노인회장님이 맡으셨고, 축관은 이강수 전임 회장, 아헌관은 구청장, 종헌관은 문화원장인 내가 맡았다. 도당제의 특징은 '도당할아버지'와 '도당할머니'께 술잔을 올리며 예를 표하는 것인데, 내가 이 도당제를 특별히 좋아하는 데는 따로 이유가 있다.

무엇보다 효성동 도당제는 매우 검소하다. 당집만 해도 원래는 마을 어귀에 있었으나 도시화 과정에서 산 밑으로 옮겨왔다. 크기는 가로·세로 3~4m 남짓으로, 그 안에서 제를 올렸다는 것이 놀라울 만큼 협소하고 소박하다. 특히 제사에 올리는 제주(祭酒)도 막걸리다. 전국 어디에서도 찾아보기 힘든 서민적인 모습이다. 아마 과거에 이 마을이 워낙 어렵게 살던 곳이어서 막걸리를 사용하게 된 것이 아닐까 싶다.

실제로 효성동 일대에는 논이 거의 없다. 땅이 대부분 자갈과 모래여서 물을 가두기 힘들었고, 그래서 밭농사 위주로 살아야 했다. 예전에는 농부의 부를 가늠하는 기준이 쌀 생산량이었기에, 논이 없는 효성동은 늘 어려운 마을로 여겨졌을 것이다. 보리·콩·옥수수 같은 잡곡만으로는 부를 자랑할 수 없던 시절이니 말이다.

제물 또한 서민적이다. 인근 계산동에서는 소를 바치지만, 효성동 여름 도당제는 돼지머리를 올린다. 대신 떡을 넉넉히 마련해 참석자 모두가 나눠 먹고, 또 봉지에 담아 갈 수 있도록 한다. 연세 많은 분들의 회고에 따르면, 어릴 적엔 그 떡을 한 점 얻어먹으려고 제사 내내 초조하게 기다리곤 했다고 한다. 그만큼 주민 모두에게 즐거움과 기대가 있는 잔치였다.

또 하나 눈에 띄는 점은 제사의 시기다. 대부분 마을 제사는 농사 시작 무렵인 봄과 추수 후 가을에 지내지만, 효성동 도당제는 여름 한가운데 열린다. 이것 역시 논농사가 없었던 마을의 독특한 풍습일 것이다. 밭농사는 오히려 여름에 수확이 많으니 그 시기에 제사를 지낸 것이리라.

나는 이 도당제가 앞으로도 변질되지 않고, 지금의 소박한 모습 그대로 오래 보존되기를 바란다. 농사를 짓는 이가 거의 사라진 오늘날, 밭농사로 어렵게 살던 옛 주민들이 모여 마을의 안녕과 무사를 빌던 모습은 그 자체로 얼마나 아름답고 소중한 전통인가. 그 자체로 오래 지켜야 할 아름다운 전통이라 생각한다.

(2025. 8. 25.)

문화는 그렇게 자란다

- 동아리 연합 전시 발표회를 돌아보고

문화원장으로 지내며 여러 인사말을 했다.

행사를 알리고, 성과를 전하고, 수고에 감사하는 말들이었다.

그러나 시간이 지나 돌아보니, 그 말들보다 더 오래 남는 것은 무대 뒤와 연습실에서 묵묵히 쌓아 올린 시간들이었다.

지난여름은 유난히 더웠다. 그 더위 속에서도 각 동아리는 연습을 멈추지 않았고, 그 시간은 '동아리 연합 전시·발표회'라는 이름으로 관객 앞에 모습을 드러냈다.

나는 그 자리를 하나의 행사가 아니라, 문화가 자라고 익어 가는 한 과정으로 기억하고 있다.

이 연합발표회는 동아리 구성원들의 문화적 욕구를 풀어내는 자리이면서, 동시에 계양구민이 질 높은 문화를 가까이에서 체험하는 시간이기도 했다.

무대에 오른 사람들만이 아니라, 객석에 앉아 끝까지 집중하던 관객들 역시 이 문화의 중요한 주체였다.

공연은 참여자만으로 완성되지 않는다.

김구 선생은 『나의 소원』에서 '오직 한없이 가지고 싶은 것은 높은 문화의 힘'이라고 했다.

그 말은 거창한 선언이 아니라, 이처럼 지역의 작은 무대와 전시실에서 조용히 증명된다.

누군가의 즐거움은 다른 누군가에게 자연스럽게 전해지고, 그 반복이 결국 한 지역의 품격을 만든다.

서양화 동아리 '어반 동행'의 합류로 이번 연합발표회에는 음악, 미술, 무용, 사진, 분재, 향토사 연구, 문학까지 서로 다른 결의 문화가 한자리에 모였다.

서로 다른 분야였지만, 서로를 존중하며 같은 공간을 채웠다는 점에서 그 자체로 충분히 의미 있는 장면이었다.

부모의 손을 잡고 전시를 둘러보고, 처음 듣는 음악에 귀를 기울이던 아이들의 모습도 기억에 남는다.

설명보다 먼저 몸으로 받아들이는 경험, 그런 순간들이 쌓일 때 문화는 비로소 삶 속으로 스며든다.

이 글을 끝으로 문화원 이야기를 맺는다.

문화는 늘 누군가의 이름이나 직함보다 오래 남고, 조용히 이어지며 다음 장면을 준비한다.

계양이라는 이 오래된 동네가 앞으로도 이런 순간들을 차곡차곡 쌓아 가기를 바란다.

(2025. 12. 18.)

글을 끝내며

　　출판은 나에게 또 하나의 '가지 않은 길'이었다.

　　글을 쓸 때의 아련한 추억이나 문장을 다듬을 때 느끼는 소소한 즐
거움과 달리, 출판은 두려움이었고 막막함이었다.

　　과연 대중 앞에서 나의 옷을 벗어도 되는가?

　　벗을 만한 삶이었는가?

　　이 질문은 마지막 순간까지도 나를 옥죄었다. 그럼에도 나는 남은 삶
을 위해 지난 삶을 기록하기로 했다.

　　지나온 삶을 기록하는 일이 앞으로의 삶을 더 건강하게 살아가기 위
한 선택이라 믿었기 때문이다.